CONDIÇÕES IDEAIS DE NAVEGAÇÃO
PARA INICIANTES

NATALIA BORGES POLESSO

Condições ideais de navegação para iniciantes

Copyright © 2024 by Natalia Borges Polesso em acordo com a MTS Agência de Autores

Grafia atualizada segundo o Acordo Ortográfico da Língua Portuguesa de 1990, que entrou em vigor no Brasil em 2009.

Capa
Flávia Castanheira

Imagem de capa
Sem título, de Sandra Cinto, 2013, edição única. Caneta permanente e acrílica sobre tela, 70 × 100 cm. Reprodução: Edouard Fraipont. Cortesia Casa Triângulo, São Paulo.

Preparação
Ciça Caropreso

Revisão
Camila Saraiva
Márcia Moura

Os personagens e as situações desta obra são reais apenas no universo da ficção; não se referem a pessoas e fatos concretos, e não emitem opinião sobre eles.

Dados Internacionais de Catalogação na Publicação (CIP)
(Câmara Brasileira do Livro, SP, Brasil)

Polesso, Natalia Borges
    Condições ideais de navegação para iniciantes / Natalia Borges Polesso. — 1ª ed. — São Paulo : Companhia das Letras, 2024.

    ISBN 978-85-359-3780-0

    1. Contos brasileiros I. Título.

24-199273   CDD-B869.3

Índice para catálogo sistemático:
1. Contos : Literatura brasileira   B869.3

Cibele Maria Dias – Bibliotecária – CRB-8/9427

Todos os direitos desta edição reservados à
EDITORA SCHWARCZ S.A.
Rua Bandeira Paulista, 702, cj. 32
04532-002 — São Paulo — SP
Telefone: (11) 3707-3500
www.companhiadasletras.com.br
www.blogdacompanhia.com.br
facebook.com/companhiadasletras
instagram.com/companhiadasletras
x.com/cialetras

eu amo a falta de silêncio do mar
                                        Lia de Itamaracá

cuidado com as ilusões, mocinha, profundas e enganosas feito o mar que é teu elemento
                                        Caio Fernando Abreu

she often felt she was nothing but a sponge sopped full of human emotions
                                        Virginia Woolf

*a onda que me carrega, ela mesma é quem me traz
não sou eu quem me navega, quem me navega é o mar, é ele quem me carrega como nem fosse levar*
                                        Paulinho da Viola

Sumário

A descoberta dos metais, 9
A vida é uma equação diferencial ordinária, 32
Tatuilha, 57
Uma boa pessoa, 79
Condições ideais de navegação para iniciantes, 103
Eu não sei o que é o *this* do que os *sweet dreams* são feitos, 112
Temporal, 131
Daphne ou o primeiro não, 139
Cratera, 151
A Velha Asna e as lésnicas de motocicleta, 176
As gêmeas lentas, 205

A descoberta dos metais

O homem toca no peito da menina que dorme. E sacode bruto e amoroso. Está na hora. A menina abre os olhos que ainda pesam um pouco. O quarto está escuro. Toma aqui. Entrega a ela roupas quentes. Botei perto do fogão pra ti. Tua avó já fez o café. A menina olha o outro lado da cama e não distingue muito o volume que enxerga, estica o braço em busca da avó. São só cobertores. Não a encontra, por isso sabe que a avó realmente já se levantou.

Quando ele abre a janela, o dia dói um pouco. Não é a luz, é o frio. Pra ventilar, só um pouco, assim ninguém pega a gripe do outro. Aqui a roupa, não deixa esfriar, veste logo. Passa a mão no cabelo da menina e sai. Ela agarra a trouxa e a coloca debaixo das cobertas. Espera uns minutos e pensa que já está na hora e que se ela demorar mais o avô vai se atrasar para o trabalho na madeireira. Senta na cama com as pernas para fora e se veste.

O fogão à lenha já havia deixado a cozinha habitável. Ajeita-se na cadeira azul clarinha estofada à mesa de fórmica da mesma cor. O avô sorve o café fazendo barulho, a avó segura um garfo com um pedaço de queijo espetado em cima do fogão até ficar derretido. A menina leva um pedaço de pão à boca e mastiga. Não vai passar nada no pão? Ela olha sem saber onde há qualquer coisa de passar no pão. O avô aproxima um vidro com um resto de chimia. É de uva que tu gosta. A menina então pega uma faca e o vidro e, ao tentar abri-lo com certa dificuldade, deixa a faca cair no chão. Ao sentar, a vó recolhe a faca, não sem antes riscar uma cruz no chão. Três vezes.

Só então devolve a faca à menina e diz que derrubar faca é sinal de briga e que é logo preciso cortar o mal, riscando uma cruz no assoalho. Três vezes. A menina repara que na faca ficou um pedacinho de madeira do assoalho. Tira com a mão e pensa que a vó poderia ter-lhe dado uma faca nova, mas não diz nada e usa a mesma faca que recém tinha cortado algum mal futuro para passar a chimia no pedaço de pão.

Não vai beber o teu café? O avô já se levantava para, como dizia, limpar os dentes e o sapato. Ela termina de mastigar o pão e engole o café, agora morno, bebível. A avó fazia sempre um café quente demais. Dizia que era para ela se manter quente por dentro até chegar na escola. Ela não conseguia beber e não sabia contabilizar quantas vezes já tinha queimado a língua e os lábios naquele ano em que seus pais a tinham deixado ali.

Ela entendia que não era culpa deles. Precisavam organizar a mudança antes que ela fosse. Foi o que disseram, o que ela ouviu. A gente vai arrumar um quarto bem bonito para te esperar. Um quarto só meu? Não, filha, um quarto teu e do teu irmão, mas com duas camas. Mas por que o Mateus vai e eu não? Porque o Mateus é pequeninho e não sabe se cuidar sozinho e tu já é grande. Ele ia dar muito trabalho pra vó e pro vô, tu é grande, sabe se cuidar e pode ajudar. Eu posso ajudar. E ficou com a incumbência.

Antes de sair, a menina tirou as coisas da mesa e lavou sua parte da louça. A avó ficou sentada olhando. O avô saiu do banheiro com o cabelo bem penteado para trás, e logo encaixou a boina de lã por cima. Tinha a calça de tecido com um vinco bem reto e os sapatos extremamente limpos. Pegou a japona? Ela deu a volta na mesa para pegar a japona laranja de náilon que estava pendurada perto o suficiente do fogão para ter esquentado um pouco e longe o suficiente para não ter sido consumida pelo calor das brasas. Quantas blusas? A avó perguntou. A camiseta da escola, a básica de malha, o blusão de lã e a japona. Tá bom, e quantas calças? Não gostava de usar nada por baixo da calça da escola, porque se a japona já estava apertada, a calça daqui a pouco rasgaria. Não respondeu.

Bota uma meia-calça se não quer usar o cuecão. A meia-calça também estava pequena e de tão esticada acabava fazendo a calça do colégio cair. Eu não tô com frio, vó. Aquele colégio é um gelo. Tá zero grau. Bota a meia-calça. Mas de meio-dia fica calor e a meia pinica. Tu que sabe, só não vai ficar doente depois. A avó fechou o zíper da japona até bem em cima. A menina botou a mochila nas costas, calçou o tênis e a luva. Deu a mão para o avô e lá se foram.

O dia já estava claro na hora em que iam chegando no pé do morro. Quando o avô lhe sorriu, e ele era um homem que sorria pouco, ela lembrou de duas coisas: que não tinha escovado os dentes; que tinha um bilhete para ser assinado. Tirou a folha da mochila. Vô, tem que assinar. Ele pegou o papel e ficou olhando para o seu conteúdo indecifrável, esfregou a têmpora com a ponta dos dedos, apertou a boca e se constrangeu. O que diz aí? Ah, tem que dizer que sabe que a gente vai sair com a turma na semana que vem. Mas se é na semana que vem, amanhã a tua vó assina. Ela fez uma careta, mas aceitou.

Desciam devagar, especialmente em dias úmidos, porque os paralelepípedos daquela rua eram cheios de limo e as calçadas, quando existiam, eram bastante irregulares, exceto quando havia uma porta de garagem ou um edifício. A menina apertava a mão do avô, que recomendava sempre olhar por onde se andava. E de tanto olhar acabou soltando a mão para juntar uma moeda. Olha, vô. O avô pegou a moeda e esticou o braço tapando o sol que nascia com a rodela de metal. Bah, essa não vale mais, guriazinha, que azar. A menina voltou a segurar a mão dele. Por que não vale mais? Boa pergunta. O nosso dinheiro um dia vale e no outro dia não vale mais. Mas pode guardar pra botar no pote do Luciano. Devolveu a moeda, que a menina colocou no bolso.

Pronto. Boa aula. Quem vem te buscar é o teu tio. Espera ele aqui em cima, que ele pode demorar um pouco. Não vai na rua, passa muito carro doido de meio-dia. A menina torceu o lábio, mas disse tá e correu para o pátio.

A entrada da escola era um caminho em caracol, largo a ponto de dois carros poderem passar tranquilamente, mas tão íngreme e escorregadio que lembrava um pouco o tobogã do parque aquático que a menina visitara com a escola no final do ano anterior. Não gostava muito de piscinas nem de parques, mas os pais não sabiam disso, ela nunca tinha expressado nenhum gosto ou desgosto a esse respeito. Como teriam que deixá-la com os avós, acharam que o passeio seria um agrado justo. Foi. Só que ela voltou para casa bem mais cedo, de carro com a diretora e com um talho na testa. A diretora, ao entregar a menina, explicou que ela sofrera um acidente menor no tobogã. Uma disputa com um colega, os dois acabaram se atrapalhando e ela caiu. Na cabeça da menina, além do corte, havia a verdade. O colega, que não gostava dela por ela ser melhor que ele tanto na corrida em distância quanto no futebol, resolveu empurrá-la de propósito para que se machucasse e não pudesse nem jogar nem brincar depois do almoço, quando teriam que esperar a comida baixar para entrarem na água de novo.

Naquele ano, ela tinha recebido o apelido de Onça. No começo, até gostou do nome, mas com o tempo um cansaço se construiu. Sempre que alguma colega estava em perigo, por conta de algum menino, como a vó dizia, *prevalecido*, chamavam por ela. Chama a Onça que o Maurício tá incomodando a Duda. Chama a Onça que o Diego roubou a chuquinha da Laura. Chama a Onça que o Gustavo puxou o cabelo da Maristela. E lá ia a menina-onça, ela arranhava, batia, arrancava os cabelos dos guris. Da última vez, a atacaram em dupla, mas ela pisoteou o pé de um e chutou o outro no meio das pernas. Os meninos não a deduravam para a professora, pois não queriam se sentir humilhados em dobro. Apanhar de uma guria mirrada e ainda ter que recorrer à professora por isso? Jamais. Não era de seu feitio ser agressiva, mas desde que fora deixada com os avós andava acumulando alguma raiva que tinha a ver com a demora dos pais em ir buscá-la, em levá-la para sua casa, onde teria o seu prometido quarto. Uma casa nova e bonita, em outra cidade que não era tão fria, longe daquelas bestas. Eu vou morar bem longe de vocês, suas bestas. Isso se teus pais voltarem pra te buscar, aposto que eles não te querem, porque tu é uma selvagem. Devem ter fugido pra longe porque não querem ficar junto contigo. Fedida. Bafo de Onça! Saíram rindo alto e fino. Ela engoliu o choro. Será que ganhou o apelido não pela bravura, mas porque às vezes esquecia de escovar os dentes?

Gostava dos avós. Não era como se tivesse sido abandonada. Ao contrário, se sentia muito bem cuidada naquela casa. Dormia com a avó, porque segundo a própria a guria era muito magrinha para dormir no porão, onde o tio e o avô dormiam agora, mesmo naquele frio. Uma das paredes do porão ficava escorada num barranco e por isso era muitíssimo úmida. À noite, antes de dormir, a avó contava seus causos, que eram sempre os mesmos, mas ela não se importava. Conta o da vaca Jessy, vó? Jersey. A vaca Jersey é muito braba, uma vez uma vaca dessas mordeu o braço da tua mãe quando ela era pequena, mordeu e depois lambeu. E a tua mãe conta que a lambida doeu mais. Eu mesma não sei dizer, porque uma vaca Jersey nunca me pegou. Sempre fui mais rápida. Teve uma noite... e começava a contar a história em que ela tinha pulado uma cerca e tivera que passar a noite inteira em cima de uma árvore para não ser pega por uma vaca. Corri demais naquela manhã, sabe, depois tive até que passar sebo nas minhas canelas. Vó, por que uma lambida de vaca dói mais que uma mordida? Porque a língua da vaca é áspera. Me dá aqui teu braço. Eu vou fazer devagar. A menina esticou o braço e a avó torceu a pele um pouco para cada lado. Ai! Viu só? É assim, mas imagina isso bem forte.

No outro dia, na escola, a menina aplicou o golpe da lambida de vaca em dois colegas chatos. Um deles se recusava a emprestar um objeto que ela não conhecia e queria ver. Era um compasso. É do meu irmão e eu não vou dar na mão de uma mongoloide. Depois de aplicar a lambida de vaca no colega e não obter o efeito de dor esperado, o colega apenas ficou olhando e rindo, ela tomou o compasso da mão dele e enfiou na manga branca da camiseta do colega, de onde logo brotou uma mancha vermelha. Ai, monstra! O menino arrancou o compasso dela e arregaçou a manga. Foi de raspão, ele disse com os olhos vermelhos. Ela voltou para o seu lugar na sala, antes que a professora percebesse. Ao sair da sala de aula, no fim da manhã, o menino a ameaçou. Essa semana, eu te pego, mongoloide, e mostrou o compasso pontudo. Mas a menina não teve medo. Ao contrário, teve ideias.

Ao meio-dia, estava do lado de dentro do portão, como o avô recomendara, esperando o tio. Carregava um embolado de roupas, a mochila e um trabalho de sucata devolvido para levar para casa. O tio chegou, empurrando a Caloi barra forte vermelha com freio de pedal. Vamo, guria? A menina não gostava daquele momento, aquilo sim dava medo. O tio era mais doido que os carros, pedalava já na descida em caracol do pátio e entrava na avenida rasgando entre os carros. Ela sempre fechava os olhos e pensava que ia morrer estatelada no chão. Nunca aconteceu. Vamo? Como vou me segurar? Põe esse troço na mochila. Não cabe. Joga fora, então. Mas é o meu trabalho. Tu já ganhou nota? Sim. Então joga fora. Mas quero mostrar pra vó. O tio fez os olhos dançarem para cima e depois suspirou. Eu seguro. Mas como é que tu vai guiar? Eu consigo guiar e segurar essa porcaria. A menina entregou o que parecia ser um robô feito de rolo de papel higiênico, caixas de remédio e fios de lã. O que é isso? Uma pessoa. Sério? Sim. Se segura bem. A menina pegou bem forte na cintura do tio, que fincou o Vulcabras no pedal. E lá se foram rasgando a avenida entre os carros.

Na subida, os dois saltavam da bicicleta e seguiam sempre a pé até em casa. Naquele dia não foi diferente, ou quase não foi. Tu viu que tua conga tá rasgada? Ela já tinha visto, foi em uma das brigas, era um raladinho de nada, mas que foi se abrindo conforme ela jogava bola no recreio. Vi. O tio se descascou de metade do macacão azul do Senai, amarrando as mangas na cintura. A tua vó vai ficar braba. A menina olhou para o sapato preto e limpíssimo do tio e achou que não combinava com o resto. Por que tu usa sapato com essa roupa? O tio tinha recém feito dezoito anos, ganhara um sapato e a recomendação de que o mantivesse sempre limpíssimo e engraxado. O pai disse que usar sapato é melhor, porque aí não vão pensar que eu sou vagabundo, marginal. E é bacana, né? É. Eu fico bem; e combina com meu bigode? A menina olhou o bigode ralo do tio. Fica. É, fica, o tio arremedou com a boca mole. Que sem vontade, guria. Ela apertou os lábios. Deixa eu tentar andar na bici? Tu sabe? Não. Então na subida é que não vai conseguir. Deixa! Ela tentou pular na bicicleta e acabou conseguindo apenas rasgar a calça. O tio deu uma gargalhada. Quando abriram o portão do pátio, a avó já gritava é hora do almoço. O tio se livrou da roupa do Senai, ela tirou o uniforme e o escondeu embaixo da cama, o avô se instalou na mesa com um martelinho de cachaça, a avó colocou as panelas e olhou feio para ele, que então se levantou para pegar os copos faltantes como se tivesse lido o pensamento dela. Todos comeram arroz, molho e frango. Depois do almoço, enquanto o tio e o avô tiravam uma soneca antes do turno da tarde, a vó e ela aprontavam. Vai lá na cesta do Luciano e pega uma cocada pra nós. À tarde, o tio vendia doces na rua, por isso tinha sempre uma cesta de vime cheia de guloseimas escondida debaixo da cama, mas ela sabia. Foi pé ante pé e furtou uma cocada, que ela e a avó comeram escondidas no quarto. Depois foram tomar sol na calçada. Era bom aquele ritual, comer doces com a avó e depois tomar sol naquele agosto tão frio. Só saíam dali quando o pé ou a cabeça estivesse bem quente. Pra guardar o calor, que é só nessa hora que fica quente, depois já sabe.

O avô passou, deu boa-tarde e saiu logo para o trabalho. Atrás veio o tio, já avisando que teriam que pagar a cocada, porque ele tinha contado e faltava uma e que se ele tivesse que pagar todos os doces que elas comiam para a mulher dos doces não ia sobrar nenhum trocado para ele. A vó riu e deu um dinheiro amassado na mão dele. Fazia para se divertir. E a senhora não pode comer doce, porque tá com a diabete alta. A vó estalava a língua no céu da boca e nem respondia com palavras que pudesse articular; aquele som já bastava para mostrar seu desdém pela opinião do filho quanto à saúde dela. Não vai estragar o sapato. Agora tá que não tira mais do pé. Isso aí é pra ir em evento só. Que evento, quando que eu vou em evento? Casamento, aniversário, procurar emprego. Ele tirou de dentro da cesta umas folhas preenchidas com a letra mais bonita que ela já tinha visto. Muito bem, meu filho. O que que é? Uma coisa pros burro perguntar. Não fala assim com ela! É um currículo, teu tio precisa de um emprego. Mas ele já trabalha. Viu só? Até a criança enxerga. Ela estala novamente a língua. Um emprego, não um trabalho, carteira assinada, não ficar na vagabundagem. O tio fez os olhos dançarem de novo, saiu fechando o portãozinho e gritou: Ela rasgou a calça do uniforme hoje! A avó a olhou de soslaio. Cadê?

À tarde, elas também faziam pão. Depois que a menina tinha se ocupado de suas tarefas da escola, a avó chamava para fazerem pão. Naquele dia, a menina não estava muito interessada, pediu para ficar na sala. Disse que estava se sentindo mal. A avó conferiu a testa, achou que até parecia bem. E ela estava mesmo bem. Queria ficar ali na sala sozinha, porque tinha outro interesse.

A faca do vô era a coisa mais próxima a uma relíquia familiar que eles tinham. Sonhava em ganhar aquela faca de aniversário um dia, quando fosse grande e capaz de lidar com uma, não derrubá-la no chão para não causar discórdia. Abriu a porta do armarinho da televisão e pegou a bainha de couro. Desabotoou o pequeno botão de pressão. Empunhou bem o cabo que o avô sempre fazia questão de dizer que era de osso de ovelha. E retirou a lâmina que parecia mais um espelho de tão limpa. Viu no reflexo a própria boca, meio aberta de maravilhamento. Se levasse aquela faca para a escola, nenhum menino iria querer arrumar confusão. Colocou de volta na bainha e foi quieta até o quarto para guardá-la no meio do caderno.

No dia seguinte, o mesmo ritual. O avô a deixou no portão com a recomendação de que esperasse o tio. Ao entrar, avistou

Hugo no balanço do parquinho. Ele mostrava alguma coisa para um amigo e quando a avistou fez olhinhos raivosos e espremidos para ela. A menina respondeu com o rosto baixo e olhos de peixe. E ele, além dos olhos, mostrou a língua. Ela, antes de entrar pelo corredor, mostrou o dedo do meio, tinha aprendido com o tio que aquilo era muito ruim. Sentou em seu lugar, tirou a japona, depois retirou o material da mochila com muito cuidado e, antes de fechar o zíper, sorriu para o objeto reluzente.

Quando bateu o sinal para o recreio, enfiou a mão na mochila, apertou o cabo de osso da faca, depois soltou. A vó tinha feito cuscuz no café da manhã e naquela hora ela ainda não sentia vontade de comer, mas como Laura disse que era dia de lanche bom no refeitório todas saíram correndo. Foi sentar com as meninas e depois de comerem o lanche, que na verdade foi o de sempre, saíram para brincar. Só que antes de se levantar ela levou um tapão na nuca. Ficou de boca aberta enquanto todos riam, até suas amigas riram. Hugo passou correndo depois e, com as mãos erguidas, disse não fui eu! Na saída, ele cumprimentou um guri que não conhecia, de outra série, maior. Foi aquele ali, sua amiga Duda falou. Ele é da sétima. A menina se arrependeu de não ter pegado a faca, ela suava, estava vermelha. Ouviu alguém gritar pela Onça, pois algum idiota tinha feito alguma idiotice com uma menina. Lá foi ela chutar o guri. Extravasou a ira e depois foi brincar como se não tivesse planos. Nos dois períodos finais, como tinha aula de matemática, precisou se concentrar. Não gostava de operações com frações e números decimais. Rezou para não ser chamada ao quadro, mas a reza não funcionou. Se ao menos tivesse derrubado a faca, poderia ter cortado aquele mal. Lá foi ela, tinha feito tudo errado e quando terminou de escrever no quadro ouviu Hugo relinchar lá de trás e depois um coro de relinchos que teve que ser aplacado pela professora. A professora chamou um dos relinchadores para corrigir o que a menina tinha feito de errado, ele consertou rapidamente e o sinal tocou. Se sentiu humilhada. Não era burra, andava desconcentrada, sem vontade. Arrumou a mochila e deixou a faca à mão no bolsinho de fora. Correu para pegar Hugo e, quando o alcançou, deu um puxão tão forte na alça da mochila dele que o guri caiu sentado. A maioria das pessoas já tinha saído, mas alguns alunos e alunas ainda flutuavam por ali, curiosos com o que ia acontecer. É a Onça e o Hugo, eles vão brigar! Hugo tirou a mochila e partiu para cima da menina, vermelho de raiva. O tio vinha empurrando sua bicicleta nos metros finais até o portão e, ao ver a cena impossível, largou a barra forte e saiu correndo na direção das crianças. A faquinha que brilhava na mão da menina logo desapareceu no blusão de lã e na barriga de Hugo. Quando ela a puxou para fora, o tio arrancou a faca de sua mão. Não!

A cena que pais, professores e alunos viram confusos e que diziam ter acontecido rápido demais foi relatada à polícia da seguinte forma pelas testemunhas: o jovem surgiu do nada e deu uma facada na criança. Acho que é o tio da menina. Hugo e ela andavam brigando no recreio, mas não era nada de mais, coisa de criança. Achávamos que eram apaixonados um pelo outro. Vivem de implicâncias, essas coisas, né? Será que ela pediu ao tio que desse uma lição no guri? Imagina uma coisa dessas. Hugo chorava na ambulância, o corte tinha pegado de raspão, mas abriu um talho na barriga do guri. Ali a menina entendeu que não era simples enfiar uma faca em alguém; tinha que ter mira, força e rapidez, e ela só teve rapidez. O tio estava algemado no camburão. Ela chorava muito, ouvindo aqueles absurdos e tentando explicar que tinha sido ela, que ela tinha roubado a faca do avô, que ela tinha levado a faca para a escola, que ela tinha planejado machucar Hugo, porque odiava ele. Eu odeio ele! Mas disse também que não queria mais nada daquilo. Não queria ser a Onça nem estar ali.

À tarde, na delegacia, o avô estava irritado por ter que faltar ao trabalho para ir ver o que tinha acontecido com o filho. Quando viu a faca em cima da mesa do delegado, sabia que não tinha sido ele. Meu filho não ia pegar faca nenhuma, seu delegado, ele é um menino trabalhador, faz Senai de manhã, de tarde trabalha com vendas. De quê? De doces. Tem carteira assinada? Não tem ainda, mas tá procurando emprego de verdade, tá até de sapato, não é vagabundo. Ele não ia pegar faca nenhuma, muito menos essa faquinha cega. É minha, quase de enfeite, presente.

Então, o senhor quer dizer que foi mesmo a menina? Porque o problema é que ninguém viu ela atacar, só viram o seu filho com a faca na mão. Mas, chê, pergunta pro gurizinho, ele vai dizer a verdade. Pois aí que tá, seu? Omero. Pois aí que tá, seu Omero, o gurizinho disse que foi o teu filho. Mas, chê, não é verdade. O velho passou a mão na cabeleira e sentou. Em casa, a menina chorava, a avó ficava entre tentar acalmá-la, dizendo que o avô ia resolver, e se irritar profundamente. Por que é que foi pegar aquela faca? Que que tem na cabeça, guria? A menina chorava. Mas é que eles me infernizam, e espichou o *am* com tanto desespero que à avó só coube abraçá-la. Os pais de Hugo estavam irritados e queriam que alguém resolvesse o que tinha acontecido. Vamos resolver isso, eu quero resolver, o pai dizia. Como se estivesse acostumado a resoluções. Ao mesmo tempo, o pai de Hugo trabalhava no Senai, conhecia Luciano e sabia que o guri não faria aquele tipo de coisa. Esse Luciano é um moço bom, seu delegado Clóvis. Não fez isso, eu sei, o meu filho tá mentindo porque não quer admitir que apanhou de uma guria.

Joel!, a mulher se intrometeu, ele quase morreu! Não morreu, Sarita, ele levou um raspão, um raspão meio fundo de faca, mas não tem nada. Foi a guriazinha, é certo. Tu imagina que um bitelo de guri daquele ia errar uma facada numa criança? Luciano tinha levado sopapos e chutes dos policiais, mas foi devolvido ao pai quando Hugo, com a cara amassada de choro, contou a verdade. Em casa Luciano levou mais sopapos do pai e ouviu a recomendação de que nunca, nunca se metesse em briga dos outros, nunca mais. Passa longe disso, meu filho, olha a tua cara. Passa longe se não quer entrar em fria, passa longe se não quer entrar em cana. E tira esse bigode. A mãe abraçava Luciano e depois o afastava para lhe dar tapas. Pare, mãe! Na hora da janta, o avô colocou a faquinha na mesa, na frente dela. Toma, é tua. A menina não ergueu os olhos. Estavam vermelhos de tanto chorar. O avô pegou a mão dela meio à força, abriu e colocou a faca ali. É tua, cuida dela e nunca mais, nunca mais usa pra ferir ninguém. É tua. Mas lembra: quem com ferro fere com ferro será ferido, entende? A menina ergueu os olhos e a boca tremeu. Por que tu deu uma facada no guri, louca? O tio perguntou. Porque ele me inferniza todos os dias. Mas não é assim que funciona, um monte de gente me inferniza todos os dias, tu me inferniza, e eu nunca pensei em te dar uma facada. Cala a boca, guri. A vó deu um sopapo no filho. A tua sorte é que o teu tio não foi fichado, e a tua sorte também, ela olhou para o filho. Nunca se meta em nada assim, nunca pegue uma faca ensanguentada. Parece abobado. Onde tava com a cabeça, chê! Ninguém nunca mais vai resolver nada com facada aqui. A menina começou a chorar. Eu quero a minha mãe. Se eu contar uma coisa dessas pra tua mãe, tu acha que ela vai querer te levar embora? A menina arregalou os olhos e o choro veio maior e mais abundante. Mas chega, chega de choro. Já deu. Vai deitar, vai.

    A menina saiu da mesa e foi se deitar na cama. Seu coração pulava, se sentia perdida, incapaz de sair daquela situação, não entendia o que estava sentindo, era um liquidificador cheio de coisas batendo e que faziam seu estômago revirar e doer como se a faca estivesse dentro da barriga dela, riscando tudo. Três vezes, mas sem cortar mal nenhum. A noite sacudia o abacateiro da frente da casa, as folhas raspavam na janela e as frestas pareciam uivar mais forte. Ela não sabia navegar naquele mar revolto que se agitava em seu interior, e com todo aquele vento espalhando as ideias não juntava nenhuma palavra de explicação, não conseguia pensar. No meio da noite, quando a avó já roncava a seu lado, ela foi se deitar no assoalho para tentar sentir alguma firmeza. Cravou as unhas no chão e sentiu o peito tremer, a respiração resfolegante se confundia com outros sons do seu interior, e quando fechou os olhos pensou que fosse morrer. Pensou que desapareceria.

Tirou a roupa e deitou de lado. Em pouco tempo estava tremendo de frio, mas ao menos daquele jeito era algo externo que a acometia e não aquela confusão de importâncias que não sabia medir. Se sentia culpada e rejeitada, mas se tinha ganhado a faca aquilo queria dizer alguma coisa, só que ela não sabia o que. Gostavam dela? Por que os colegas a chamavam de coisas ruins pelas costas? De bicho, de nome, de… tapou a boca com a mão quando lembrou que naquela semana ainda tinha ouvido as próprias amigas dizerem *a Onça é um machinho*, e ela não se sentia um machinho. A julgar por seus colegas, machinhos eram pessoas idiotas. Sentia-se corajosa e leal, e até então acreditava que suas colegas também pensavam assim dela. Segurou o coração dentro do peito, quase sentia sua mão esmagar o músculo, segurou a boca, a língua seca, segurou o chão que parecia tremer, a casa, a saudade dos pais, e de repente se viu à deriva num mar de raiva e inconformidade. Tremia, chorava e respirava alto com os olhos arregalados, quando viu a cara da avó surgir de cima da cama. O que tá fazendo aí embaixo, guria? Puxou a menina pelo braço e a trouxe para a cama. Pelada. Parecia uma perereca desengonçada. Por que tu tava pelada no chão? Credo! A vó tinha uma cara de susto com vergonha. Pegou a roupa da menina no chão, tinha as sobrancelhas caídas e a boca meio apertada, forçando um bigodinho de rugas. A menina não entendeu a cara, não sentiu segurança. A avó vestiu a roupa na menina, suspirou alto e se virou para dormir.

No dia seguinte, quando acordou, o avô já tinha saído. Mas como eu vou pra escola? Senta aqui um pouco, nós vamos ter que esperar uns dias, porque tu não vai mais poder ir naquela escola, a diretora Cida vai tentar encontrar uma escola pra ti até a semana que vem. Por enquanto tu vai ficar em casa, espero que consigam vaga logo. Mas eu não quero trocar de escola. Tu não tem querer, tu foi expulsa. Expulsa? Tinha ouvido histórias horripilantes de gente de outras turmas que tinham sido expulsas, mas nunca pensou que pudesse ser a protagonista de uma delas. Por quê? Por que será, guria? Tu deu uma facada num coleguinha, parece marginal. Ela ficou séria. Não podia acreditar que tudo naquele ponto de sua vida estava dando errado, não conseguia acreditar que tivesse se metido numa situação daquela. Se eu morrer isso acaba?, pensou. A sensação estranha da noite anterior voltou violenta e ela começou a arfar. A avó fez o sinal da cruz, bota uma roupa que eu vou te levar num lugar hoje. A menina saiu curvada para o quarto, sentia uma dor no peito que, por vezes, subia pelo pescoço, por vezes descia pelos braços e os faziam pesar como dois sacos grandes de açúcar. Se vestiu.

Não gostava de caminhar com a avó, porque ela sempre tropeçava, às vezes até caía. Parece que escolhia os piores caminhos, as ruas menos povoadas, onde a calçada era mato, a rua em si era terra, pedra e morro. Vamos ali por dentro do seminário. Tá. Reparou numa menina sentada no galho de um pinheiro, comia bergamota e cuspia as sementes longe. A vó espremeu a boca e balançou a cabeça. Saíram pelo portão de trás e seguiram algum tempo por ruas feias e íngremes. É naquela casinha. Quando chegaram, havia uma fila pequena. Onde a gente tá, vó? Na dona Santinha. Esperaram uma boa hora e meia até entrar.

A casa era cheia de bonecas, estátuas, flores, vasos, vasilhas, velas e tinha um cheiro muito muito forte e doce. Ela achou que a dona Santinha e a avó conversavam como se fossem amigas de longa data, depois dona Santinha tocou uma sineta e a vó saiu e a deixou sozinha com a mulher enorme. Como é o seu nome? Ela não disse. Dona Santinha sorriu e deu a ela uma bala de coco. Ficou com a bala na mão. Pode comer. Não tô com vontade. Tá, pode comer depois. De repente se sentiu cansadíssima e foi acometida por longos e profundos bocejos; dona Santinha, então, pegou um maço de folhas molhadas e, antes que a menina pudesse se mexer, sentiu-se atingida na cabeça por uma saraivada de pingos. E nos ombros. E nas costas. O que aconteceu em seguida, ela achou mais estranho. A mulher pegou um ovo e rolou por seu corpinho, dizendo algumas palavras. A menina começou a chorar. A mulher parou.

O que foi? Pra que isso? É pra tirar o quebranto que está em ti, pra tirar o mal. Eu não tenho mal. A mulher baixou os olhos e sorriu, disse algo inaudível e continuou. O mal não é seu. Além do choro, a sensação estranha e já conhecida, o incômodo e a respiração pesada agora viriam com um formigamento nos braços e no tronco, que lhe atingia as maçãs do rosto. Deitou-se no chão. A mulher pegou sua mão. Quer que eu chame a sua avó? Não! Ela vai ficar brava. A menina tinha os olhos arregalados e apertava o peito. Então eu vou ficar aqui respirando contigo até tu melhorar, tá bem? Fez que sim com a cabeça e dona Santinha se deitou no chão. Era bondosa, queria seu bem. Em quinze minutos estava melhor. Esse ovo que eu passei em ti, tu guarda, leva pra casa com cuidado e quebra amanhã. Quebra num prato e, se tiver alguma sujeira na clara, tu volta aqui com a tua avó; se não tiver nada, é porque está tudo bem, certo? Tá bem. Mas só pode quebrar o ovo amanhã e hoje tu precisa dormir perto dele. Tá bem. Abriu a porta e a avó a aguardava num sofazinho perto da saída. A avó olhou para o ovo e já sabia.

Como foi? Tudo bem, deixa ela brincar, não bota ela de castigo, comadre, deixa ela brincar. Com as mãos em seus ombros, dona Santinha a foi empurrando para fora, enquanto falava para avó o que achou que a menina não escutaria. Ela tá triste, confusa, ansiosa, coisas de quem está crescendo e se descobrindo, deixa ela brincar, conversa com ela. Ela sente falta dos pais, Santinha, eu acho. O que houve com os pais? Ah, tão com dificuldade, arrumando a vida em outra cidade, logo, logo ela vai. Ela sabe. Agora falavam num volume normal, como se ela não estivesse ali. Dona Santinha sorriu. Vai, sim. Ah, comadre, chumba as bicha, pode tá com bicha.

No caminho para casa, chegando perto da avenida, a vó estendeu o braço para a menina, que numa mão tinha o ovo e na outra a bala amassada. Colocou a bala na boca, pegou o ovo com a mão melada e deu a mão limpa para a avó. A vó gosta tanto de ti, não precisa fazer essas coisas, não precisa ficar nervosa. Ela ficou pensando de que coisas a avó falava. Devia estar falando da facada, mas aquilo não tinha nada a ver com a avó gostar dela, tinha a ver com o branco em sua cabeça. Não soube responder. Sabia que se sentia estranha na escola. No fim, talvez fosse bom mudar, ficar quieta, não ser mais a Onça, não ser mais ninguém. Bateu o pé quando sentiu o peito formigar um pouco e tentou não ser pega naquele turbilhão.

No outro dia, não tinha nada na clara do ovo. Pegou um garfinho e ficou mexendo um pouco para ver se aparecia alguma sujeira, algo turvo de que pudesse desconfiar. Nada. Achou aquilo muito bom, ao menos não tinha um mal, não tinha quebranto, não tinha nada. Por via das dúvidas, antes de quebrar o ovo, tinha ido até o quarto e jogado a faquinha no chão; depois juntou e cortou o mal. Três vezes. Pode comer o ovo, vó? Não, guria, não se come ovo de benzedura. Bota sal e vai jogar lá atrás, no tanque. Depois vem aqui que vamos chumbar as bichas. O que é isso? Tu vai ver. Na volta, a avó tinha preparado uma cadeira, um pano branco, um copo d'água e umas bolinhas acinzentadas que crepitavam numa colher sobre o fogão à lenha. Senta logo aí, não se mexe. Só ouviu um barulho de coisa quente na água sobre sua cabeça, não ousou se mexer. Pronto. Achou aquilo impressionante, mas não sabia definir como nem por quê. Sabia que sua vida andava movida de um jeito que não gostava, queria voltar ao normal, só não achava o caminho.

Passados alguns dias, não estava convencida de que o ovo estivesse certo, ainda não tinha conseguido uma vaga na escola. Em parte sentia saudade das colegas, saudade e curiosidade, queria saber o que estavam estudando e como estavam lidando com os guris sem ela para defendê-las. Imaginou-as sitiadas no recreio, andando em bando e com cuidado, tendo materiais roubados e cabelos puxados. Mas também pensou que se o Hugo não estivesse indo à aula, talvez as coisas tivessem melhorado. Pensou sobre o que a professora teria falado para os colegas e o que eles teriam falado da briga, sobre ela ter dado uma facada no colega.

De vez em quando, botava as mãos na barriga para ver se as bichas ao menos tinham ido embora. Tem que vir buscar a guria, porque senão ela vai perder o ano. Ouviu a avó falando no telefone. Tinham ido na casa de uma vizinha para receber a chamada da mãe. Sei. Mas quando? Se atentou, talvez saísse dali com sua resposta. Então ela vai acabar perdendo o ano, já tinha que ter visto escola aí, já tinha que ter organizado isso, vocês não prestam pra nada. Será possível que eu vou ter que pegar um ônibus e ir aí com a guria pra ver isso? Aqui não dá mais pra ela ficar, ela não tá bem, tá nervosa, ela deu uma facada num colega. Dali é um passo pra virar uma delinquente desmiolada. Mas como que eu ia contar? Não tem jeito de falar com vocês, parece que se escondem. Sei. Não, eu vou. Eu vou. Sim. Não tenho tanto serviço agora. No fim do ano tem mais, por isso é melhor se eu for agora. Não foi tão grave, não se machucou. Sim. Tá aqui, sim. Fala com a tua mãe. Mãe? Eu também tô. Não. Sim. Ele me bateu. Ele e o amigo. Não. Não falei pra diretora. Também não. Eu bati neles porque eles me infernizam. Tá. A vó. Eu o quê, guria? A mãe quer falar contigo. Oi, hum, ah. Para, não, eu vou continuar falando o que eu quiser e ninguém vai se meter nisso. Sábado a gente viaja. Nos esperem. Vamos. Largou o telefone. Obrigada, Márcia. A Márcia gritou da cozinha com a cara enfiada em quatro panelas. De nada, quando precisar é só vir.

Na volta, antes de entrar pelo portãozinho, a vó resmungou algo. Que foi, vó? Não fale mais infernizar, que a tua mãe agora com essas coisas de igreja não quer mais que tu fale essa palavra. A menina olhou para baixo e deu de ombros. No sábado, a gente vai pra lá encontrar teus pais. Sorriu para a avó e perguntou que dia era. Quarta. Três noites. Aguentaria.

Na sexta-feira a avó ficou doente, uma gripe fortíssima. A mãe ligou na vizinha para combinar os detalhes e a Márcia deu o recado. Só que não falaram nada para a menina. Arrumou a mochila e duas sacolas de feira. Olhou para aquilo e pensou que poderia enfiar tudo apenas em uma sacola, assim não sobrecarregaria a avó. Tô pronta. A gente não vai mais. Eu tô doente, não consigo ir hoje. Vamos na semana que vem. Nem soube de onde veio o choro, ele só veio. Passou pelo tio e pelo avô, que se arrumavam para ir à venda, e foi chorar escondida, pois sabia que eles não gostavam.

Por que não falavam as coisas para ela? Por que não conversavam? Será que ela era tão insignificante assim? Foi olhar o calendário e viu que seu aniversário era dali uns dias. Será que os pais é que viriam de surpresa? Mas e se não fosse o caso? Apertou os dedos dentro das mãos num punho fechado e essa mão se espelhava dentro dela, agarrando seus órgãos, fazendo doer tudo

por dentro, depois o formigamento, a respiração, tudo doía. Foi até a cozinha, pegou um ovo, passou no corpo, pedindo que tirasse aquilo de dentro dela, o quebranto, o mal, passou o ovo no peito, nos braços, pensou que talvez não funcionasse direito sem o cigarro de folhas, mas teria que ser assim. Se ajoelhou num canto do quarto, jogou a faquinha no chão, depois cortou o mal três vezes, e mais três e mais três e mais três, até abrir talhos no chão. Pegou o ovo com cuidado e colocou na sacola, enrolado numa camiseta.
    Colocou a mochila nas costas, pegou uma sacola. A avó dormia na sala, dormia profunda e pesadamente, dormia cansada. Foi até a avó e passou a mão na frente de seu rosto. Deixou a sacola ali, voltou ao quarto, tirou um quadro da parede, pegou uma nota de dinheiro atrás dele, sabia que era onde a avó guardava dinheiro. Voltou à sala, pegou a sacola, saiu pela porta. Não a fechou, para não fazer barulho. Abriu o portãozinho devagar e foi subindo a rua. Lembrava mais ou menos como chegar na rodoviária. Era só pedir a passagem, entrar no ônibus e ir. Parou. E depois? Não sabia.
    Como encontraria a casa dos pais? Teria que viver na rua? Perguntaria na rodoviária. E se não soubessem? Deixou cair a sacola, e o ovo rolou pela rua, foi descendo magicamente, sem quebrar foi até quase a frente da casa e lá se espatifou. Não! Ela correu para lá. Estava certa de que dessa vez haveria algo na clara, algo que explicasse aquela gosma revolta interna, mas não. Não havia mal. O que tu tá fazendo aí, guria? Entra. Vomitou no meio-fio. Eu não sou bafo de onça, disse, como se pudesse se ver de fora. E batia na própria cabeça. A avó paralisada no portão, o tio e o avô chegando com as compras. A menina olhando a cara deles, conferindo se a viam de verdade. O tio foi até ela. Ei, ei, quer dar uma volta de bicicleta? Eu te levo, vamos lá no campinho. Te ensino a pedalar. A vó quis dizer alguma coisa sobre

quedas e perigos, mas não disse. Quero. O avô pediu que não se atrasassem para o almoço. Assentiram. O guri deu a mão para ela. Entraram para pegar a bicicleta. O que foi, guria? Por que tu tá assim? A cara da menina se espichou para baixo, sentiu derreter. Senta aqui. Ela sentou na barra forte da bicicleta e eles se foram. Na primeira reta, o tio desceu. Toma, é a tua vez, eu te seguro. Pode confiar. A menina subiu desajeitada no banco, era grande demais para ela, mas daria um jeito. É só pedalar e olhar pra frente, não olha pro chão. O chão não vai sair de onde ele tá, tu tem que olhar a direção. Tá. Eu tô te segurando.

Olhou uma vez para trás. Não olha pra trás, confia. Eu vou te segurar. Tá. Começou a pedalar. Sentiu o peso do metal que conduzia, algo diferente se estabeleceu, estava se movendo, era a sua força, a força que agora se transformava e ela ia. O tio largou o banco, ela seguiu. Vai, pedala! Pedalou. Vai! Tá indo sozinha! Ela se espantou. Seu coração tremeu, parecia ter caído dentro, num lugar novo, e bateu livre. Bateu certo, conduzido. A menina sorriu no vento, conduzida, elétrica, por um momento. Espera! E deixou o tio para trás.

Encontrou-a na subida de um morro, sentada no meio-fio. Conversava com outra menina. É tua essa bicicleta? Não, é do meu tio. Ele tá vindo ali. E ele deixa tu andar? É a primeira vez. Tu já sabia? Não. Nossa. Eu não sei andar. É fácil. A outra menina se encolheu, olhou para os lados e disse eu já te vi um dia, acho, nos padres. Sim, eu moro ali perto. Tu mora por aqui? Ali pra baixo, depois do hospital. Na ruazinha do perau? Isso. Do lado. Eu posso ir brincar ali depois da escola. Onde tu estuda? No Poli. Ela olhou o uniforme. E tu? A menina ficou quieta. Eu... eu tenho que mudar de escola. Por que tu não vai na minha? Vou falar com a minha avó. Hoje eu não posso brincar muito, tenho que ir pra casa, mas amanhã eu posso. Qual é a tua casa? A casa azul que tem o portãozinho branco. Tá. Até amanhã. E saiu correndo. Como é o nome da tua amiga? Não sei.

Amanda. O tempo passou um pouco mais rápido com Amanda, mais manso dentro, e mesmo que ela perdesse o ano escolar não perderia tanto daquele ano depois que Amanda tinha aparecido graças àquele passeio de bicicleta. Brincavam à tarde, o que dava à avó um descanso. Não gostava de deixar a menina na rua, sem supervisão, mas agora que o serviço de final de ano tinha chegado era bom vê-la ocupada, assim ela podia se concentrar no quarto de costura. E como Amanda parecia um pouquinho mais velha, a avó confiou. Criança esquece logo das coisas, ela tá bem.

Um dia, foram brincar perto do campinho dos padres, fazia calor e ali, debaixo das árvores, era mais fresco. Vamos nos balançar naquele galho? A menina olhou e fez que sim. Correram para as árvores e Amanda subiu sem qualquer dificuldade, mas ela não. Amanda ria e se balançava. Vai, tenta de novo! Ela correu para pegar impulso e errou, a segunda mão escorregou do galho. Caiu sentada na grama, sentiu um gosto estranho na boca e cuspiu sangue. Passou a ponta dos dedos nos lábios e confirmou o que já sabia. Tua boca tá sangrando, Amanda disse. Ela limpou com as costas da mão. É do dente. Não, mas tu cortou o lábio aqui ó. Passou o dedo. Ai. Deixa que eu te ajudo.

Amanda cobriu o pedacinho de lábio descascado de pele com seus próprios lábios e chupou. A menina primeiro arregalou os olhos e logo depois caiu numa mansidão boa, entregue àquela quentura, uma delicadeza bruta e ritmada, enquanto Amanda segurava sua cabeça com as mãos em suas orelhas e chupava seu lábio inferior devagar e continuamente, movendo a cabeça de um lado para o outro, como se ondulasse um fluxo. A menina sentiu seu peito inflar com algo estranho, não o formigamento habitual que a lançava ao desespero, mas algo que não deixava de ser uma espécie de desespero, uma inquietude boa. Se sentiu perdida, sem rota, não era mais a Onça, não era a menina benzida com ovo, não tinha mal nenhum, três vezes benquista, amada, Amanda ali presente. A dor indo embora. O gosto metálico do sangue na boca de Amanda voltando para a sua boca quando começou também a sugar os lábios dela. E ficaram ali por um tempo, debaixo daquele imenso galho de pinheiro descascado, num campinho de futebol de um seminário, numa rua vazia de uma cidade fria de onde ela em breve sairia outra.

A vida é uma equação diferencial ordinária

Um dia, eu estava saindo do trabalho quando minha mãe ligou para me dizer que alguém tinha morrido. Não ouvi direito. Ligação ruim. Pedi que ela repetisse. Coitada. Repetiu. Desliguei ainda sem entender direito. Quando uma coisa muito sem sentido acontece, eu me pergunto se estou sonhando. Nada de extraordinário aconteceu no tempo que se seguiu à ligação, então entendi o pior: aquele pesadelo era real. A vó? Será que era isso mesmo? A mesma vó que há alguns dias estava em cima da casa, limpando a calha, porque a gente tinha demorado cinco minutos para responder quem poderia fazer aquele serviço? A mesma vó que voltava cheia de sacolas da feira? A que participava das nossas brincadeiras idiotas? Recebi a segunda ligação quando descia do primeiro ônibus.

— Por que você não atende o celular? Estou tentando te ligar.

— Desculpa, tava no silencioso e lá no serviço o sinal não pega bem.

— A mãe morreu. Agora. Estou aqui no hospital. Pode me

trazer... — Não lembro muito bem o que minha mãe pediu. Sentia meu rosto queimar e um peso de chumbo se colou no meu peito, tristeza impossível de remediar. A mãe estava serena ou resignada. Aliviada, talvez. Naquele dia, antes de correr para pegar o segundo ônibus, me apressei até o mirante do parque da cidade e cogitei me jogar, só para ver se acordava. Olhei longe e respirei fundo. A vó. Será verdade? Tentei pular para o outro lado do parapeito, mas fui impedida por uma guarda municipal que me avisou sobre a segurança daquela área.

— Não é permitido ficar aí, moça. O mirante está fechado.

— Ela apontou as faixas de segurança pelas quais eu não lembrava de ter passado. — É perigoso. Ainda mais quando fica assim molhado; pra escorregar e cair, basta um passo. E não queremos que nenhum acidente feio aconteça, não é?

— Minha avó morreu.

— Sinto muito. — Foi chegando perto e foi me conduzindo para longe dali.

Fiquei olhando para ela, esperando que se transformasse num cachorro gigante, num tonel de banha, num cubo mágico enorme. Basta um passo, pensei. Voltei para casa e peguei coisas de que não me lembrava ter ouvido minha mãe pedir, mas sabia o que eram.

Eu já tinha passado algumas noites com a vó no hospital e depois na casa da mãe com ela, até que se sentisse melhor.

— Foi um sustinho, nada de mais. Estou bem — dizia, quando a devolviam pra casa.

Nas últimas noites em que passei com ela no hospital, ela parecia estar bem de verdade. Disse que quem estava com uma cara horrível era eu, que eu deveria ir pra minha casa dormir, que dormir fora de casa era ruim. Falei que não tinha problema, mas ela insistiu.

— Tá com a cara de cansada. — mexeu na bolsa ao lado do leito e dela tirou um saco plástico. — Tome, leva este capim-cidreira, toma bem forte antes de deitar.
Então fui pra casa, fiz o chá e dormi. Dormi bem. Dormi macio. Não sei dizer se foi o chá ou o cansaço. Eu tinha um trabalho monótono e exaustivo na área comercial de uma gráfica. Acordava às cinco e quarenta da manhã para chegar lá às sete e quinze e sair às cinco e quinze da tarde: atendimento ao público, suporte, secretariado, administração, organização, carregamento de caixas pesadas, preparo de café, limpeza... não sei dizer qual era o meu cargo naquela empresa familiar, que iria à falência nos anos seguintes. Eu saía de lá direto pra aula à noite, chegava em casa em torno das onze e só conseguia dormir perto das duas da manhã. Não sobrava muito tempo para um sono profundo, era quebrado. Nos finais de semana, às vezes eu trabalhava de garçonete num bar e cheirava pó para conseguir me manter atenta e falante com todo aquele pessoal que queria tomar uma bebida, comer um negocinho e se divertir. Foi lá que conheci a Bia.

— Que horas tu pode tomar uma cerveja comigo?
— Quando fechar.
— Eu espero.

Tomamos uma cerveja a portas fechadas, depois que todos foram embora, fiquei para fechar tudo. Depois transamos nas mesas e no balcão. Foi gostoso e cansativo. Nem transar direito eu conseguia. Não era falta de tesão, era falta de tempo para mim.

No dia em que a minha mãe ligou, eu estava quase chegando na parada de ônibus, quando percebi que tinha deixado o meu casaco no trabalho. Quando voltei para buscá-lo, senti meu celular no bolso vibrando e atendi.

Por dias eu quis acordar e não consegui. Ficava tirando o telefone da empresa do gancho e dizendo *Alô, mãe? Alô, vó?* como se fosse uma maluca. Por dias eu quis dormir e não consegui. Me sentia presa num tempo esdrúxulo que não era o presente, que não era o vivido, e que de jeito nenhum poderia ser um futuro. Tinha a sensação de ter sido congelada num momento, no exato momento em que um farol joga o facho de luz na nossa cara e nos cega. Ao mesmo tempo, não me sentia desesperada. Na verdade, às vezes tinha a impressão de que assistia a uma reprise da minha própria vida. Sabia que aquilo ia acontecer, de algum jeito. A morte da vó, digo. Mesmo que eu não esperasse, não foi uma surpresa. Acho que era um cansaço imenso o que eu sentia. Estava anestesiada pela vida, por causa da vida, e agora anestesiada pela morte.

— Mãe, acho que eu tô com depressão.

— Eu também estou.

— Eu tô muito cansada e não estou conseguindo dar conta de...

— Nossa, eu também.

— Com um peso no peito, sabe? Ando sentindo dores no peito. Acho que sou nova demais para ter um infarto.

— Essas dores eu também tenho, desde nova. — Fiquei em silêncio, pensei que minha mãe tinha cuidado da minha avó por tanto tempo, que agora estava desesperada para ser cuidada. Suspirei. Ela continuou. — Por que tu não vai num psiquiatra?

— Com que dinheiro? Pra falar o quê?

— Daí eu não sei. Acho que vou ver um médico no postinho. Eu devo tá com depressão. Eles dão remédio. Tu devia ir ver.

No dia do enterro eu tinha prova na faculdade. E eu fui. Fiquei lá consolando a mãe, minha irmã, as amigas da minha avó. O cemitério era longe de tudo, tive que pegar três ônibus para sair daquele lado da cidade e chegar no outro, onde ficava o campus.

— Boa noite, atrasada — o professor disse quando abri a porta da sala de aula.
— Desculpa — e ele seguiu falando.
— Desculpas não somam na média final.
Equações diferenciais ordinárias. Isso, sim, era um bom nome para o que eu sentia. Uma equação é uma igualdade. Na verdade, a gente já tem o resultado, o que vem depois do igual, mas a gente tem que descobrir o pedaço incógnito e os derivados para chegar lá. Qual é a função incógnita na minha vida? O que eu tenho que descobrir ainda? Essa névoa em tudo... Fazia sete anos que eu tentava me formar em alguma coisa. Seguia, largava, voltava, e parecia estar sempre no mesmo ponto, estagnada. Durante o enterro, perguntei para a Sofia, minha irmã mais nova:
— O que determina este tempo aqui? Este que a gente vive. Eu tô muito cansada, Sofia. Tô triste e cansada e tenho que ir pra faculdade agora, fazer uma prova. Por quê? O que que determina esse tempo, esse tempo quase geográfico que a gente vive, esses deslocamentos inúteis pelo espaço, sem travessia nenhuma, esse tempo que tem uma consistência aquosa no qual eu me mexo sem flutuar.
— Que filósofa que tu tá... Bebeu?
— Um pouco, talvez. Mas entende a questão?
— Sim. — Olhou séria. — É o capitalismo. Ele que determina como a gente se move, infelizmente é isso. — Fiz uma careta para ela.

Fiz a prova em menos de uma hora. Quando entreguei, o professor perguntou se estava tudo bem comigo e só aí eu disse que estava voltando do enterro da minha avó e que tudo que eu queria era ir para casa tomar banho. E deitar. Dormir seria pedir demais. Ele se desculpou por ter brincado sobre o meu atraso e me mandou para casa, não sem antes dizer que consideraria tudo aquilo na correção da prova. Fiquei com vergonha de que ele tivesse sentido meu hálito, sentido minha desistência. Meu fracasso. Nunca mais voltei para a faculdade.

Tive que ajudar a mãe com todas as burocracias da morte e depois a desmontar a parte da vó na casa. Depois tive que ajudá-la a descansar, a não ficar triste, a fazer as tarefas cotidianas da casa e ajudar a minha irmã nos deveres de matemática e de português. Depois lembrei que eu tinha um emprego e precisei pagar as horas que fiquei devendo com horas que eu não tinha sobrando, e tudo ficou pesado demais, e esse meu peso pelo menos fez com que todos ao meu redor pudessem dormir. Menos eu. Quando dei por mim, tinha perdido o semestre e pensei que seria muito difícil continuar fazendo aquela graduação inútil em física. Em algum momento, a mãe ficou preocupada comigo. Disse que pediria mais ajuda à Sofia. E que eu poderia voltar para a minha casa.

— Desculpa, filha, não me dei conta de que estava te sobrecarregando — ela disse, baixando os olhos. — Vai pra casa.

Pra minha casa, pensei, como se eu tivesse acordado de um sonho e de repente me lembrasse que eu tinha uma casa, que eu morava com outras pessoas, às quais devia explicações, que eu tinha outra vida. Aquilo me deixou estafada, ter ainda outra vida, então perguntei à minha mãe se eu poderia ficar por ali, ficar mais em casa, eu disse que andava "meio cansada" e que morar numa república não vinha ajudando.

Eu morava num apartamento no centro da cidade com duas pessoas. Bia e eu já tínhamos dividido um quarto lá. E já era a única coisa que dividíamos naquela época. Pobre Bia. Completamente desinformada, completamente alheia ao que estava acontecendo. Será que ela tinha me ligado?

Desde antes da morte da vó, eu havia colocado meu celular no silencioso, não recebia notificações e muitas vezes nem sabia onde o aparelho estava. Respondia às mensagens esporadicamente com poucas palavras, de um lado porque eu queria, de outro porque eu não conseguiria fazer mais que isso. Eu queria descansar das redes, das ligações, dos contatos indesejados, das propagandas, das ajudas sociais, das campanhas de fomento, das petições, do engajamento... eu só queria dormir. Começou durante as noites, eu desligava o celular e o colocava dentro de uma caixa, porque se ele ligasse sozinho, ou sabe lá o quê, eu não ouviria. Depois passei a deixar sempre no silencioso, a desligar as notificações, a deixá-lo propositalmente em algum lugar e sair andando. No dia em que a vó morreu, no hospital, a mãe me perguntou:

— E a Bia?

— Mandei mensagem avisando.

Minha mãe nunca perguntava nada sobre os meus relacionamentos. Não dizia nada de bom nem de ruim. Não é que não soubesse, parecia ter um desinteresse seletivo. Eis um dos motivos da vida dupla. Toda pessoa LGBTQIAPN+ tem uma vida dupla, em algum momento da vida. Se não teve pode se considerar a pessoa mais sortuda do universo. Falei pra minha mãe que a Bia estava bem, mas ocupada, que tinha mandado um abraço e pêsames. Inventei. No ônibus, às vezes, no caminho para o trabalho ou quando eu ia ao hospital ver a vó, eu ficava pensando na Bia, para ver se ainda me lembrava da cara dela; eu tinha a sensação de que não lembrava.

Quando voltei para casa um dia, a Bia estava com cara de cu. Um cu coberto de razão. Eu me desculpei com ela pela minha ausência e disse que talvez fosse o caso de terminarmos. Então ela me contou que estava trocando mensagens com uma mulher mais velha chamada Verônica. Eu invejei aquele nome tão dramático. Eu queria namorar uma Verônica, eu disse sem pensar, e a Bia ficou muito irritada. Dividimos o quarto por mais uma semana até a Bia ir passar as férias de julho da faculdade na casa dos pais, no interior de uma cidade do interior, onde lésbicas, segundo ela, não existiam, e não voltar mais para o apartamento.

Depois que a vó morreu, levei mais uns dias para contar aos outros dois moradores que eu também sairia do apartamento. Eles disseram que não se importavam de assumir a minha parte do aluguel, para assim cada um poder ter seu quarto.

— A gente tava mesmo procurando alguma coisa maior, mas se pudermos continuar aqui com mais espaço, melhor. Tudo certo. Só que tem o mês passado. Tu ainda não pagou.

— Não paguei? — Eu sabia que não.

— Não. — As bichas se olharam. — A gente sabe que tu não anda legal, tudo certo. Pode pagar quando der.

— Obrigada. — Eu tinha o dinheiro.

— Sentimos muito pela sua avó — eles falaram juntos, como as gêmeas de O iluminado.

Sorri e agradeci.

De volta à casa da mãe, tive que dividir o quarto com a Sofia, que não ficou muito contente a princípio. Casa pequena, o quarto da mãe era uma saleta sem porta, enquanto o nosso era um pouco maior e com porta. Sala e cozinha conjugadas, um só banheiro úmido, o que nos levou à regra de nunca trancarmos a porta, para o caso de alguém ter uma emergência gástrica. Isso nos levou também a uma intimidade forçada, mas boa. O quartinho da vó virou uma saleta cheia de entulhos e badulaques que a mãe tinha desistido de organizar.

— Quando tu vai arranjar um lugar pra morar de novo? Não acha que tá velha demais pra voltar pra casa da mãe?

— Eu até tô vendo algumas coisas com uns guris, eles acharam um apartamento legal e barato no centro, mas não tô com pressa. E tu, quando vai sair daqui?

— Quando terminar o colégio.

— Quanta certeza, guriazinha. Tu tá em que ano mesmo?

— Eu não acredito que tu não sabe! Primeiro ano! — Sofia fez uma pausa. — Eu vou fazer faculdade em outra cidade. Eu acho. Eu acho que quero.

— E vai deixar a mãe sozinha?

— Ela vai sobreviver. Por que tu não vai pro quartinho da vó, Dri?

— Do que vocês estão falando? — A mãe nos interrompeu.

— Nada.

— A Sofia quer se mudar.

— Adriana!

— Ninguém precisa se apressar — a mãe disse.

— Eu só quero me mudar quando eu for adulta, quando eu tiver as minhas coisas. Por que a Adriana não vai pro quartinho da vó?

Minha mãe ficou quieta, não consegui imaginar no que ela estava pensando nem quis saber. Talvez ela não quisesse que eu me instalasse confortavelmente por ali, com meu próprio quartinho, onde de repente pudesse me acomodar. Não que ela não gostasse da minha presença, mas talvez pensasse que eu precisava continuar me virando sozinha. E eu sempre me virei. Agora só queria não precisar. E eu também não precisava dela; só queria estar perto. Falei qualquer besteira para quebrar esses pensamentos.

— Tu não gosta da minha companhia, Sofia?

— Gosto, por mim tu pode ficar aqui, é mais por ti mesma que...

Naquela noite, meu pai apareceu para jantar. Apesar de divorciados há anos, ele e a mãe continuavam bons amigos, coisa que acho que sempre foram.

— Trouxe a janta.

Jantamos, conversamos. Parecíamos uma família tradicional, mas não éramos, nunca fomos. Depois ele foi embora. Eu o ouvi dizendo para a mãe que se ela precisasse de qualquer coisa ele estava ali. Disse que não tinha muito a oferecer, mas que sabia como era duro perder mãe e pai, minha mãe colocou a mão no ombro dele e disse que se lembrava. Os dois fecharam os olhos e movimentaram a cabeça para cima e para baixo. Depois ela deu uma tapinha nas costas dele. Sete anos tinham se passado desde a separação e os dois ainda estavam sozinhos e pareciam gostar um do outro. Mas tinham decidido nunca mais tentar se envolver romanticamente. O pai se despediu da gente e foi para a casa dele. Quer dizer, para a casa em que ele morava desde que tinham se separado, num bairro bastante afastado, cheio de mansões, onde ele trabalhava como caseiro.

— Por que tu e o pai não namoram de novo?

— É, por quê? — concordei, só para incomodar.

— Ai, não, gurias, isso não dá. Hoje é a noite das perguntas inconvenientes, por acaso? O pai de vocês e eu somos — ela suspirou —, nós somos muito diferentes. O pai de vocês nunca teve ambição. Temos projetos e sonhos muito distintos pras nossas vidas.

Do nada, a Sofia se levantou, numa animação estranha e até bonita.

— E quais são os teus sonhos, mãe?

A minha mãe ficou um tempo olhando pra Sofia, como se estivesse vendo uma alienígena, uma coisa exótica demais dentro da casa. Nunca ninguém ali tinha perguntado sobre seus sonhos, talvez nunca ninguém tivesse perguntado isso para ela na vida, nem quando ela era pequena ou de brincadeira, imagina então a sério e a seco, como Sofia tinha feito. Ela não respondeu nada. Nunca respondeu. Começou a recolher os pratos e seguiu arrumando a cozinha calada. A gente ajudou calada também.

Parece que esse tipo de conversa a gente não podia ter. Que tudo tinha que ser prático e com uma finalidade resolutiva. Por que não falar dos sonhos ainda sem planos ou sem o compromisso da realização? Só como um exercício de possibilidades? A Sofia nunca foi uma criança típica, portanto não seria uma adolescente típica. Era uma guria querida, que acreditava nas coisas e nas pessoas. Por isso eu sempre a escolhia para alguma brincadeira idiota. Lembrei da última peça que pregamos nela, a vó e a mãe envolvidas. Eu poderia ter feito com a mãe, mas ela era uma pessoa desconfiada. E a vó poderia se quebrar na queda. Na verdade, eu queria repetir um experimento de sensações que tive numa aula de dinâmica. Era tudo muito simples, bastavam quatro pessoas dispostas, uma tábua firme, duas cadeiras e uma venda pros olhos. Usamos um cachecol da mãe. O que o professor fez na aula na verdade não teve muito a ver com a dinâmica do elevador, que ele usou para explicar a fórmula. O peso, a normal, a força, elementos verificáveis na realidade, se tornaram completamente irrelevantes quando a gente enganou um colega. O importante era a sensação. Mesmo que ele soubesse de sua velocidade constante, com sua aceleração em zero, mesmo sabendo que a força resultante é igual a massa vezes a aceleração e que ela também seria zero. Enfim, expliquei para a Sofia o que ela tinha que fazer, mas antes expliquei separadamente para a mãe e para a vó o que a gente ia fazer de verdade. Depois do almoço, fomos para a graminha do pátio.

 Pedi para a Sofia subir numa tábua que estava posta sobre duas cadeiras.

 — Tu vai segurar nas mãos da vó, eu e a mãe vamos erguer um pouco a tábua e aí tu nos conta o que tá sentindo, ok? É um exercício de confiança.

 — Tá legal.

— Mas a vó não vai ter força pra me erguer.
— Eu não vou te erguer, Sofia, só vou te dar as mãos.
— Isso. Eu e a mãe é que vamos te erguer. A vó só vai te dar o equilíbrio.
A minha mãe já estava rindo antes mesmo de começarmos e tive que fazer uma careta séria, para ela não estragar tudo.
— Vamos lá.
Sofia pôs a venda nos olhos e deu as mãos pra vó. Eu e a mãe ficamos cada uma do lado de uma cadeira, mexendo nas extremidades da tábua, sem fazer nada de fato, só dando um tempo. Aí eu disse para a Sofia descer, pois a mãe não estava tendo forças para erguer e que continuar poderia ser perigoso.
— Por que perigoso? — a vó disse.
— É, não pode ser tão perigoso! — concordou a Sofia.
— Então vamos fazer do chão até a cadeira.
— Certo.
Botamos a tábua sobre dois tijolos no chão. Sofia pisou nela, botou a venda e deu as mãos pra vó. Eu e a mãe começamos a subir a tábua, enquanto a vó começou a se abaixar bem devagar. Eu ia fazendo sinal para ela baixar e subir as mãos, conforme eu e a mãe íamos narrando a realidade potencial. Só que subimos a tábua não mais que dois centímetros e pusemos ela nos tijolos de novo.
— Ai, Adriana, tá difícil — a mãe disse.
— Tá bem, tá bem, vai com calma. Cuidado pra não se machucar.
A tábua apenas sobre os tijolos. Sempre sobre os tijolos.
— Não vão me deixar cair nesse exercício de confiança, senão nunca mais confio em vocês.
— Para, Sofia, ninguém vai te deixar cair. Se concentra!
Fiz sinal para a vó se abaixar um pouco mais. Sofia apertou forte as mãos dela. Tentava se equilibrar.

— É, ouve a vó.
— Vai, Adriana, ergue bem, ela tem que confiar na gente.
— Tu consegue, mãe?
— Sim, vamos.

Aí a vó começou a se abaixar até sentar no chão e eu e a mãe começamos a fingir uma dificuldade.

— Adriana, não consigo.
— Pera, segura no ombro, bota assim em cima do ombro.
— No ombro? Não, pera! Eu quero descer. Me bota no chão!
— Espera, Sofia, deixa a gente estabilizar pra tu descer.
— Eu não aguento.
— Pula, Sofia, pra não machucar a tua mãe. — A vó deu a cartada final.

Aí a Sofia pulou. Pulou não, ela tentou descer, mas ela já estava no chão, nunca tinha saído dali. E quando se jogou, encontrou a superfície da grama antes do que pensava. Eu nunca vi a vó rir tanto. Uma besteira como aquela, e todas nós rindo demais. Inclusive a Sofia, que veio me dar uns tapas e acabou percebendo que tinha machucado um dedo, que mais tarde, no posto de saúde, descobrimos estar fraturado.

De volta em casa, ela perguntou:
— De onde você tirou a brilhante ideia daquela idiotice?

Eu expliquei. Ela disse que ia propor à sua professora de educação física.

— Mas é melhor tu não contar que quebrou um dedo fazendo isso com as loucas da tua vó, da tua mãe e da tua irmã.

A vó chamou para tomarmos café e eu franzi a testa por um instante porque do nada lembrei de um pássaro que andava aparecendo com frequência nos meus sonhos.

— O que foi, Dri?
— Lembrei de uma coisa.
— O quê?

— Nada.
— Fala.
— É, Adriana, fala. Tu sabe que eu odeio que fiquem se rebosteando — a vó falou.
— É que tem essa ave.
— Onde?
— Não, não. Faz uns dias que ela aparece no meu sonho. Um pássaro, sei lá. Tá sempre em uma árvore e eu passo o sonho inteiro procurando por ele, subindo nas árvores. Eu subo, ele voa. Eu desço, ele voa de novo. E quando finalmente eu consigo armar um jeito de capturar a criatura, ela se... imola. E eu caio no chão.
— Imo quê?
— Pega fogo.
— E como é esse pássaro?
— Então, eu acho que é tipo uma fênix.
— Uma fênix? A criatura mitológica? — Sofia perguntou.
— É. Porque ela é meio cinza, meio escura, parece um pavão, mas a cauda não tem aquelas penas bonitas. É uma cauda normal. É mais ou menos do tamanho de uma galinha. Mas também parece um urubuzinho, só que bonito. Engraçado que no sonho eu não tenho medo, como eu tenho medo de galinha.
— Mas é pra ter medo mesmo desse bicho esquisito, foi o que sobrou dos dinossauros. Tenho certeza de que se as galinhas fossem maiores, elas nos matavam. Por isso eu não como carne; tenho pena, e tenho respeito também.
— Desde quando tu não come carne, Sofia?
— Desde quinta-feira.
— Ah, tá.
A vó, sempre ligada em tudo, vinha da outra ponta da cozinha segurando a forma de pão ainda quente com um pano de prato.
— Jacu.

— Quê?
— A ave do teu sonho é um jacu. Como tu descreveu, parece que é um jacu.
— Jacu?
— É, gente, tão com a orelha suja? Nunca viram ninguém falar jacu? Chamar uma pessoa de jacu? Ô seu jacu do mato! Jacu da roça. Fulano não sabe se comportar, é meio jacu. Nunca ouviram? Jacu é meio entrão, gosta de cagar na frente da porta das pessoas, na roça era assim. Tinha sempre bosta de jacu na entrada.

Sofia e eu continuamos caladas. A vó às vezes pregava suas próprias peças na gente. Esperamos que ela começasse a rir ou falasse que era brincadeira, mas nada. Sentou, cortou o pão, passou nata e pôs na boca. Dali a pouco disse:

— Mas vocês são dois jacus mesmo... — Arrotou e massageou a boca do estômago. — Parece que eu estou sempre estufada.

No dia seguinte, Sofia voltou da escola com um papel, que me entregou dobrado. Abri e ali estava o pássaro do meu sonho. Impresso.

O jacuguaçu, ou jacuaçu (Penelope obscura), é uma ave da família dos cracídeos, que habita a Mata Atlântica, no Brasil, nas regiões Sudeste e Sul do país, e também Argentina, Uruguai, Paraguai e Bolívia. Sua família assemelha-se morfologicamente aos seus parentes distantes, os faisões e as perdizes europeus e asiáticos (pertencentes à ordem dos galiformes), diferindo deles em costumes diários, pelo fato de preferirem habitats florestais a campestres, nidificarem em árvores, e não no chão, e terem uma alimentação mais frugívora do que granívora. Os cracídeos são importantes dispersores de sementes e aparentemente têm um papel fundamental em manter a floresta tropical através da dispersão de suas plantas preferidas.

— Penelope obscura... que demais! Se um dia eu escrever um livro, vai ter esse título.

— Não sabia que tu queria escrever um livro.

— Sei lá, plantar uma árvore, ter um bebê, escrever um livro, não é isso?

— Que ridículo.

— Sofia, às vezes eu acho que tu é uma velha no corpo de uma adolescente. Uma extraterrestre.

Depois da morte da vó, no tempo em que fiquei na casa da mãe, dormi bem. E o pássaro estranho sumiu dos meus sonhos. Aliás, meus sonhos também sumiram. Eu ainda não dormia direto, a noite toda, mas fui regulando alguma coisa no sono. E Sofia, essa minha irmã querida e especial, me preparava chás de cidreira ou ficava chiando à noite, para que eu dormisse.

— Eu li que ruído branco ajuda a pessoa a dormir. Por que não bota um barulho de ondas no teu celular?

— Eu perdi meu celular. — De fato eu tinha conseguido perder o celular.

— Hmmm, pode ser o secador de cabelo.

Fiquei olhando meio incrédula.

— Não.

— Então eu posso chiar.

— Chiar?

— Não que nem um gato maluco, mas tipo o mar. Assim: sshhh sshhh sssssshhhhhhhhhhhhhhhh, onda, espuma, atrito com a areia, essas coisas.

— Tá, Sofia, deu.

E ela: — ssssssshhhhhhhhhhhhhhhh...

— Não. Para com isso.

E mesmo eu tendo protestado, ela começou a chiar baixinho no quarto todas as noites. Acho que descansei. Me permiti descansar. Eu tinha saído de casa muito cedo na vida, tinha passado uns anos me virando sem querer incomodar, sem pedir ajuda. Siderada. Sem conhecer e reconhecer a minha família. Isso é um pouco normal para quem é lésbica, bi, gay, trans, seja lá o que for. A gente tem uma vida dupla, tripla, cansa demais. Não sei se a sensação de bem-estar e de um retorno agradável vinham da presença confortante que a mãe transmitia agora ou se do fato de eu estar dormindo no quarto com a minha irmã. Um verdadeiro falso bem-estar do qual me aproveitei todos os segundos. Uma noite, chorei. Pela vó e por tudo até ali. Bia. A faculdade. Um trabalho de merda que eu odiava. O fracasso até aquele ponto. Outra noite, peguei um caderno e tentei fazer uma retrospectiva do que tinha sido a minha vida até então, talvez para tentar descobrir se eu tinha mesmo fracassado como pessoa, como filha, como namorada e para entender o que era esse fracasso e de onde ele vinha. Por outro lado, eu não fazia a menor questão de um contraponto. O que seria então o sucesso? Não fracassar de que jeito? Para que outro lugar caminhar? Onde eu não me sentisse dessa forma? E como eu deveria me sentir se as minhas expectativas para uma vida de adulta funcional estavam se esvaindo? Queria poder pensar em algum futuro que pudesse me garantir uma pequena paz.

    Não que eu estivesse muito preocupada. Mas eu via a minha mãe viver com o pouco dinheiro que entrava dos bicos que ela fazia e com o que a minha tia mandava do exterior, por culpa. Como se as quantias que ela levantava com seus pequenos e altamente elaborados trambiques e que chegavam pra minha mãe sem a dedução de impostos pudessem fazê-la se sentir melhor. Não posso dizer que essa grana não ajudava, porque nos meses em que ela não mandava nos sobrava bem menos. Minha mãe trabalhava meio período numa lojinha de sabonetes artesanais no shopping e reclamava muito de dor nos joelhos, porque quase não dava para ela se sentar. Era um desses quiosques, uma ilha no meio de um corredor com piso frio e escorregadio em um shopping afastado do centro da cidade. A Sofia e eu, às vezes no fim de semana, íamos lá no fim do expediente da mãe, para tomar um sorvete e voltarmos para casa com ela. Um dia a Sofia ficou vidrada num tabuleiro de xadrez. Não era nada de mais. Era um tabuleiro bonito e bem lustroso, com peças de madeira grandes protegidas com aquele tecidinho verde embaixo e que se transformava em uma maleta. Deixei ela na lojinha com a mãe e disse que precisava ir ao banheiro antes de irmos embora. Comprei o jogo de xadrez. Mandei embrulhar para presente e dei para Sofia. Já sabendo o que era, ela não quis abrir. Entramos todas na lotação.

— Isso é especial! Vamos abrir em casa. Obrigada, Dri.
— O que é, gurias?
— Não fala! Não fala! — Sofia colocou a mão na minha boca. — Vai estragar a minha surpresa.

Falei no ouvido da mãe que arqueou a boca para baixo e as sobrancelhas para cima, espichando a cara em sinal de admiração.

— Eu não sabia que você se interessava por isso.

Daquele dia em diante, no tempo em que fiquei na casa da mãe, Sofia e eu jogamos xadrez todas as noites. Eu chegava do trabalho, comia, tomava banho e a gente logo ia para o nosso quarto.

— Não vão nem assistir à novela comigo?
— Não — respondíamos em coro.
— Vem jogar com a gente, mãe — Sofia dizia às vezes.
— Ah, não, tô cansada, acho que vou é dormir.

E nós íamos pro quarto.

Nossos primeiros movimentos eram sempre rápidos, porque a gente ensaiava os inícios, mas assim que as decisões começavam a se ramificar nosso jogo se tornava lento. Sentíamos um prazer masoquista de ficar meia hora pensando em um movimento, porque às vezes era o único possível. Mesmo assim o tabuleiro ficava montado por horas naquele ponto, às vezes dias. Em outros momentos, nosso jogo vinha do puro instinto, porém a sensação de cansaço mental também era a mesma. Essa exaustão talvez fosse a outra causa do meu sono tão renovador de todas aquelas noites.

Um dia, depois do jantar, a mãe pediu que a Sofia e eu cuidássemos de tudo na cozinha, porque ela estava se sentindo mal. Então a Sofia disse que também estava.

— Pra dizer a verdade, também estou — falei.

— Será que foi alguma coisa que a gente comeu? — a mãe disse. — Eu tô meio enjoada. Vou fazer um chá.

— Eu também quero um chá. Mas não é o estômago que tá me chateando.

— Nem o meu.

E Sofia e eu falamos juntas:

— Estou extremamente menstruada.

Antes de eu nascer, meus pais estavam certos de que teriam um menino. Minha mãe me contou que eles passavam horas numa brincadeira de planejar a minha vida. Quer dizer, a vida desse suposto menino. Não fizeram o mesmo com a Sofia, pra evitar mais frustrações. Aprenderam. Mas escutei as histórias mais doidas sobre o que projetavam para mim, entre elas a de que eu seria um astrofísico, informação que deve ter ficado gravada na minha cabeça de algum modo e que anos mais tarde me levou a escolher física no vestibular. Nunca cogitaram que eu fosse gostar de xadrez. Aprendi as regras do jogo em dez minutos com o amigo de um vizinho. Eu tinha seis anos. Era um jogo. Um jogo divertido. Depois dos movimentos iniciais, quatrocentas outras possibilidades se abriam. Dessas, os jogadores têm outras 197 742 para o próximo movimento. E depois 121 milhões.

Se meus pais se frustraram por terem errado logo na segunda jogada, eu não sei, mas tinham muitas possibilidades de reestruturar o jogo deles. Só que a vida não é como no xadrez. A vida são vários tabuleiros de xadrez, com jogos mais ou menos importantes, que a gente precisa ganhar ou não, todos acontecendo ao mesmo tempo. É exaustivo. Quando a Sofia e eu dissemos que estávamos extremamente menstruadas, a mãe achou que a nossa resposta era, descaradamente, um movimento ensaiado para nos livrarmos de uma pouca louça e de varrer a cozinha. Mas não. Deixamos tudo em ordem e fomos para a nossa partida no quarto. Colocamos o caixote entre as camas de ferro e decidimos jogar deitadas, embaixo das cobertas. Fazia frio e estávamos com cólica.

— Dri, tu quer ter filhos? — Sofia apertou bem a bolsa de água quente na barriga.

— Acho que sim, mas não na minha barriga.

— É. Imaginei.

— Por que imaginou?

— Sei lá, tu é lésbica.

— Mas eu posso ter filhos, mesmo sendo lésbica. Existem mães lésbicas.

— Nunca ouvi falar.

— A Cássia Eller, que tu gosta, era mãe lésbica.

— Verdade.

— Sabe a Kátia, da secretaria da tua escola?

— Ela é mãe lésbica?

— É. Se eu estivesse com o meu celular, te mostrava mais um monte de mães lésbicas.

— No Tinder.

— Que Tinder, guria? Eu não sei usar essas tecnologias — suspirei.

— Hmm. É que a gente não presta atenção naquilo que não é do nosso interesse. Xeque.

— Onde?
— O bispo ali. Mas família tu quer? Tu tem esse sonho?
— Ah, é. Acho que sim, mas não sei mesmo. E tu? Quer ter filhos, família, essas coisas?
— Eu quero e não quero. Ainda não sei. Tu sente falta da vó?
— Sinto.
— Eu também. Eu queria continuar eu, tu, a vó e a mãe, com essa família, sabe? E o pai de vez em quando. Não queria ter que começar outra.
Eu ri.
— É sério. — Ela fez uma pausa e olhou pra porta, depois baixou a voz. Porque transar é tão estranho...
— Como assim? — Eu olhei pra porta. — Tu já transou?
— Não, não, ainda não. É que eu não sei... Assim, o corpo. O corpo é uma coisa muito estranha. Esses braços, olha os meus braços. É tanto que dá pra fazer, né, ao mesmo tempo. Pra sentir, pra pensar. Se eu penso neles eu sinto eles.
Sofia esticou seus braços magrelos de adolescente desengonçada.
— Continua.
— Eles terminam nessas coisas carnosas, com salsichas de pontas duras e afiadas, e tudo isto sai de um... de um amontoado de carne e músculos que têm sensações, sentidos e sentimentos. Não só físicos, é também... Ah, deixa pra lá.
— Não, continua.
— É que tu tá me olhando com uma cara estranha.
— Eu tenho uma cara estranha, Sofia. Todo mundo me diz isso.
— Vamos beber? Tem aquela garrafa de uísque que o pai deixa aqui em casa, embaixo da pia.
A Sofia não era de beber nem de fazer nada do tipo, mas, como eu falei, era uma guria singular.

— Vamos. Espera aí.

Levantei, fui até a cozinha, peguei duas xícaras, pus dois dedos de uísque em cada uma e voltei pro quarto. Antes de entrar, olhei pela abertura da porta sem porta, a mãe estava dormindo meio sentada, de óculos.

— Xeque.

— Mas que droga.

Tínhamos que falar baixo porque o que dividia um quarto do outro era uma parede muito fina de madeira, com um armário e as roupas lá de dentro. Quando voltei da minha jogada, vi que Sofia já tinha bebido todo o uísque dela. Começou a me contar uma história e, à medida que ia falando, sua língua ficava cada vez mais pesada. Ela disse que amava o próprio nome.

— Amo mesmo, Dri. Sofia. Sofia soa tão bem...

Depois disse que o significado do seu nome era confuso, porque ao mesmo tempo que Sofia significava a criação do mundo também significava a destruição do mundo. E que saber disso, mesmo que fosse uma besteira, a fazia se sentir estranhamente importante. Que ela precisava fazer jus ao poder que o nome lhe dava.

— É um nome bem bonito mesmo.

— Eu sou, ao mesmo tempo, sabedoria e burrice, sou a ignorância e o útero do mundo! O útero do mundo. Que diabo é isso? Quem é que quer ter essa responsabilidade? Ser um útero ambulante? Eu que não. Daí eu — ela respirou fundo —, talvez eu queira ser freira, monja, sacerdotisa. Existe isso? Sacerdotisa? Eu não sei se este mundo aqui é de fato bom e se a gente pode mesmo mudar alguma coisa aqui. Talvez exista outro mundo, Dri. Tu acredita em Deus ou em alguma força misteriosa que rege o universo?

Demorei um tempo pra ter a compreensão de que quem me falava sobre todas aquelas coisas profundas era a minha irmã mais nova. A minha irmã de catorze anos. Tentei dar a melhor resposta possível.

— Eu acredito que a vida seja um grande mistério e que quem não se assombra com ela é que é estranho.

— Tu sente isso? Isso que tu chamou de assombro? De mistério.

Parei um pouco. Respirei o ar frio e úmido do quarto.

— Tenho essa sensação que é de maravilhamento com as coisas e ao mesmo tempo tenho muito medo. É um fascínio.

— Medo de morrer? Medo da vida?

— É, acho que as duas coisas.

— E a vó morreu... Não tá mais aqui nesse mundo com a gente. Morreu sozinha.

— Ela não morreu sozinha. Quer dizer, na hora estava sozinha, mas acho que não tem como ser diferente. A gente nasce e morre sozinho, não que a gente não tenha ninguém com quem partilhar a vida, mas essas duas experiências radicais, de nascer e de morrer, são é verdadeiramente solitária. — Senti uma estranha leveza. — Às vezes acho que o único jeito de lidar com o sofrimento, pessoal e coletivo, deste mundo, é se entregar ao mistério.

— Da morte?

— Talvez.

— E do amor, né? Mas acho que tem coisas que são bem pouco misteriosas, materialmente falando.

— Verdade, mas não deixa de ser assustador. Tu mesma me assusta, Sofia.

— Por quê?

— Sei lá, as coisas que tu fala, guria.

Choramos um pouquinho. Nós duas éramos muito apegadas à vó, mas a Sofia tinha com ela uma relação de mais cuidado, de mais carinho. Eu não. Eu era um pouco desgarrada nesse sentido. Não que eu não soubesse demonstrar afeto; eu era uma pessoa bem afetuosa. Me sentei na cama de Sofia e a abracei.

— Tu me vê como uma fracassada?
— Por que tu faz questão de olhar pra tua vida com essa medida? Parece até obcecada, Dri.
— Mas eu tô obcecada.
— Eu tô extremamente menstruada. Preciso tomar um banho. Será que tô histérica? Será que tô pensando esse monte de coisa louca porque tô menstruada?
— Acho que não, quer dizer, acho que pode ser, mas eu não acho que isso seja um problema, entende? Xeque.
— Família... A gente não é muito convencional. Eu não sei se tenho saco pra essas configurações.
— Tu quer me contar alguma coisa, Sofia? Se tu também for gay, tudo bem, a mãe vai ficar meio intrigada, e só. Pra mim não foi tão problemático, pensando bem. Tu é sapata?
— Não sou. Não é isso. Quer dizer, na verdade, eu não sei. Estou investigando. Eu não tenho um interesse específico pelas pessoas, aí preciso ficar mentindo pras minhas colegas que eu acho fulano bonito, dizendo se eu beijaria um cara ou não... Tem uma brincadeira que se chama bate ou beija. Eu não entendo. Vejo os guris dizendo que batem e depois beijam. Eles saem rindo como umas hienas. E as gurias acham legal. Eu acho bizarro. E acho bizarro enfiar a língua dentro da boca de seja quem for.
— E é bizarro mesmo, Sofia. — Botei a língua pra fora e mexi.
— Para! Que nojo!
Rimos.
— Eu tô bêbada demais pra continuar.
— E eu extremamente bêbada e menstruada.
Rimos.
Sofia foi tomar banho. Fui em seguida. Quando voltei pro quarto, ela disse meio dormindo "Xeque-mate". Olhei o tabuleiro

e era mesmo. Pensei que talvez fosse uma boa ideia escolher outro movimento, pensar nos outros tabuleiros com jogos parados há tempos. Entregar os reis em alguns. Reclamar os empates. Seguir as jogadas possíveis, analisar as possíveis vitórias. Ainda que extremamente menstruada, assombrada, enlutada, fracassada, ainda que duvidando da vida.

Enquanto eu ajeitava meu travesseiro, ouvi Sofia dizer que me amava.

— Também te amo.

E depois:

— Ssshhhhh sshhhh sh

Tatuilha

É uma água-viva. Água, arregalou os olhos, viva, o nome soou melhor do que a geleca caída na areia no meio da praia vazia. Á-gua-vi-va, repetiu, o nome soou apartado, mas pleno, como aquele último dia de verão. Parece um fantasma de água. Um ectoplasma. Ectoplasma? Onde tu ouviu essa palavra? Como sabe o que é ectoplasma, o pai disse quase sorrindo, espantado com a esperteza da criança. Eu vi no TikTok.

Mais à frente o avô caminhava com as mãos atrás do corpo, uma mão ressequida segurando um punho frágil. Triste, ele pensava, dava pena, dava gana, dava um pouco de raiva, engasgou. De repente o velho se agachou. Os joelhos pontudos estalaram como se quebrassem conchas. Cavou com as mãos e juntou o quanto pôde de areia molhada. Escapava-lhe das palmas. É outro fantasma de água?

A criança correu, gritando ao avô. Vem aqui, olha. A areia viva se mexia. O que que é isso? Pai, olha, a areia tá se mexendo. Que que é, vô? Não sei. Bichos de areia. Nem avô nem criança tinham pisado numa praia antes, ali descobriram juntos criaturas físicas e metafísicas. O pai sabia sobre quase tudo à vista. O que é isso, Lilo? O homem se abaixou. Tatuíras, pai. Essas parecem tatuilhas mesmo! *Tatuíras*, corrigiu. Ah. Uma decepção se estampou em seu rosto pequenino. Era melhor se fossem tatuilhas. Esse lugar só tem nomes estranhos, seria bem melhor do outro jeito. É verdade, às vezes as coisas ficam melhores de outro jeito.

Não entendia por que razão o pai o procurava naquele momento, talvez estivesse morrendo, talvez precisasse de um órgão, de uma doação, dinheiro, ajuda. Não fazia ideia. O velho se ergueu para continuar a caminhada. Tá gostando, pai? Sim, é grande mesmo, muito grande. E barulhento. E se nadar muito, reto aqui, vai dar no continente africano, reto aqui. Aqui? O homem ergueu o braço bronzeado e apontou para o nada. Para o tudo. O pai sorriu. O pai do pai também sorriu. A criança, dessa vez, não tinha palavras. Correu adiante e assim que fez alguma distância, gritou para que se apressassem. Seguiram os dois. Obrigado, Lilo. Não é nada, pai. Olhou para o rosto bem marcado do velho, a barba agora falhada e muito branca, não era mais a das fotos nem a sombra do que Lilo guardava na memória.

Uma vez o velho não quis ir à praia, não era velho ainda, era o pai de uma criança. Mas não gostava da viagem, não gostava das companhias, não gostava de nada. Não foi. As mulheres foram. Era uma questão de entendimento mútuo. Lilo se lembrava. Não se incomodou, já não tinha medo, não precisava do pai. Queria ver de novo o mar. Não pensou que os dois pudessem ser tão velhacos. Só que eram. Um se retirou completamente e o outro quase o engoliu. Lembrou que naquele dia o vento frio arrepiava tanto sua pele que parecia uma galinha depenada. Miúda e desengonçada. Pescoço fino, pernas de vareta. Tinha desejo de meter a língua nos pequenos buracos de tatuíras, explorar as conchas com dedos e ouvidos. Sentir as cócegas do sal, da água, do bicho cavando areia, sumindo dentro do mundo. Sumindo para ser encontrado depois, criatura ancestral. Imaginou se fosse do seu tamanho. Ou do tamanho de uma galinha. As praias erodidas. O mar se demorando em chegar à costa porque precisaria preencher os vãos todos. Não havia nada de errado em se demorar, cada um tem seu tempo. A água vindo e vindo e caindo nos buracos, os mesmos que faziam as pessoas tropeçarem quando voltavam rápido e sem atenção à praia, à areia seca da praia. Sua língua dançou no vazio. Chamavam-na para uma fotografia. Não ouviu. O vento era tanto que carregou o pedido para longe. Carregou seu nome para longe. Se desfez em sons quebrados e nasais, em língua colada no céu. Da boca tirou os cabelos grudados. E como grudava aquela maresia, pesava no corpo o sal. Um corpo que ela habitava tranquilamente. Relhavam seus olhos os finos fios de cabelo. Gostava. Estava envolta no mundo e ensimesmada. Sentia o mundo chucro convidando-a para uma volta. Chamavam-na para uma fotografia. Viu os braços da tia acenando para cima. Abriu bem as pernas para firmar o peso, acabou criando mais atrito com o vento. Vento norte em praias do Sul é vento que derrubava gente grande, vento que carregava guarda-sóis para longe, arrastava cadeiras, fustigava corpos atentos e desatentos; o que não faria com uma galinha? Seu desejo era uma superfície de contato. Firmou.

    A água não se ajeitava, não decidia para onde estava quebrando. A água não se coordenava com suas canelas finas e seus pés, que afundavam lentos na areia densa debaixo da pequena maré. Chamavam para uma fotografia. A tia fez uma pose e depois empurrou a imagem com um gesto de mão, para que ela a imitasse. Dessa vez, um bloco de vento jogou seu nome na direção certa, rebentando em seus ouvidos. Deu as costas para o vazio contínuo que soava aquele som de nada, absolutamente preenchido, contínuo, aquele som sem pausa, que parecia o nada, que parecia o mudo do mundo, o oco de água móvel, sem pausa, deu as costas para o vazio. Viu a máquina fotográfica posicionada nas mãos da tia. Pensou que aquilo era inútil, que qualquer captura seria mentirosa. A tia forçou um sorriso e com as mãos fez um gesto de esticar a boca para os lados. Abriu os braços para que o equilíbrio a segurasse pelos sovacos. Botou a língua para fora e sentiu o sal penetrar. Viu a máquina fotográfica baixar das mãos da tia, viu a máquina fotográfica escorrer por seu colo, viajar no vento ao encontro da areia branca, a tira ao redor do pescoço arrebentada pelo peso, viu os lábios da tia projetarem um rumor que foi arremessado para longe. Viu com seus olhos espremidos, como filtros oníricos de partículas magnéticas. Viu as vogais sendo engolidas pelo vento, vogais cheias de cuidado e medo, vogais bem articuladas sendo roubadas pelo vento. Uma a uma. O passo em falso que provou o encontro com o objeto não pertencente, suas mãos espalmadas na direção dela, tentando em vão deter a onda às suas costas.

aquele som de nada, absolutamente preenchido, contínuo, aquele som sem pausa, que parece o nada, que parece o mudo do mundo, aquele som de água móvel, sem pausa

Suas costas não detiveram a onda que chegava à costa, a costa não detém a mágoa, a vergonha, o susto. Primeiro o susto. Não era muita água, mas o suficiente para arrastar uma galinha de pernas finas. A língua não teve tempo de se desvencilhar dos cabelos e foi projetada, como se desejasse salvar-se a si sem o resto da boca, sem o pescoço, sem o corpo. Como se apenas a língua importasse, como se só a palavra fosse capaz de algum salvamento. E seu movimento. Os dentes não perdoaram. Chegou antes, de fato. Não toda. Um pedacinho. Correu areia e conchas e águas-vivas e sangue pouco. Chegou antes machucada. Chegou antes à aspereza de cada grão, dos sulcos que seu próprio peso inventava no mundo, das brechas que se abriam e se fechavam em sua passagem. Não estava cindida. Tinha feito uma travessia, um rito. Se ergueu sem ajuda. O sangue pouco e lavado. Pedacinhos faltantes em seus joelhos também. Revolveram na moleza da dor e do susto, engoliu um pouco do que se dispunha. Oferecido o sangue da língua ali, conjurou que as palavras seriam para sempre um mistério compartilhado, parte dela, parte do todo.

— Machucou? — A tia chegou correndo.
— Sim. — Mostrou a língua sem um bifinho.
Boca cheia, vermelho-viva. Parecia um molusco raro das profundezas do oceano.
— Perdeu os dentes, guria.
— Perdi? — Olhou para a areia e a espuma, sentiu o mijo escorrer pelas canelas.
— Perdeu um, eu acho. Ou já tava sem ele? Deixa eu ver. — Agarrou-a pelo queixo.
Tateou a carne.
— Não tá doendo. — Mentiu e engoliu sangue e choro.
O molusco soava esmagado, abobado, revolvido em sua carne mole. Fechou a boca, a palavra dói.
— Vá ali e bocheche um'água.
Um'água.
Voltou uns passos, se agachou, fez das mãos pequenas uma concha e juntou o que pôde daquele infinito. Em seguida cuspiu o molusco, que se foi pela água, livre decerto, desfeito.
— De novo.
Repetiu a dose e depois pegou na mão da tia que surgiu ao lado de seu rosto.
— Vamos voltar, tua mãe e tua avó já foram, não tem como ficar na praia assim com este vento. Daqui a pouco até chove.

Pensou que mesmo que se afastasse, mesmo que fosse embora aquilo a tinha mudado para sempre. O mar possuía pedaços seus, seu sangue, seu dente, uma lasca de sua língua. E quando engoliu um'água, areia e sal, dele também se apossou. Possuía uma parte daquilo tudo. Ali soube que se precisasse ser onda, seria; se precisasse ser areia, seria; se precisasse ser imensa, seria; se precisasse quebrar dentes, quebraria; podia também fazer as pessoas flutuar sem sentir seu peso. Tudo faria.

Eu sabia que o senhor iria gostar de vir. O pai do pai fez uma cara sem graça, apertando a boca e segurou a mão do filho por um instante. É, muito. Obrigado. Quando tu era pequena, a gente não fazia muitas viagens, não sobrava dinheiro, mas também não era costume, entende? O homem não sentiu estranheza alguma naquelas palavras. Quando *eu* era *pequena*, as coisas eram bem diferentes, não é? Tanto mudou... Foi indo na direção do mar, deixou a água molhar os pelos das canelas, entrou um pouco mais. O filho acompanhou. O velho tirou a camisa. Entregou a ele. O peito murcho à mostra, uma cicatriz ou outra na pele, cirurgias, remoções, tumores, a vida, Lilo não sabia das cicatrizes do pai. Sabia das suas, eletivas, amadas.

Andou mais um pouco. Cuidado, pai. Tem repuxo. Não quer mergulhar comigo, Lilo? Não, vai o senhor, eu fico aqui vigiando. O velho seguiu um pouco mais à frente. A criança voltou e se sentou na areia ao lado do pai, a praia vazia, mas não imóvel. O vento penteava o capim das dunas ao longe. Lilo segurava molemente a camisa do pai, que com água pela cintura acenava para os dois. Cuida do vô pra ele não ir no fundo. Tu segura um pouco a camisa do vô? Eu vou lá com ele, tu fica aqui? Sim. Segura a minha camisa também? Sim. Tirou a camisa e correu ao encontro do pai. Pai! Volta um pouco! O velho forçou as pernas, mas não conseguiu se mover. Espera uma onda e vem com ela! Ele fez que sim, juntou as mãos e imitou o movimento de um mergulho. Riu e compreendeu. Uma onda acertou suas costas e ele foi para perto do filho meio porque quis, meio porque foi empurrado. Tudo bem? Juntou as mãos em concha e jogou água no rosto. Mergulharam, arrumaram o cabelo. Como pode a água estar tão boa? Um deles disse na volta do mergulho. Muito boa. Quer sair? Daqui a pouco. Quer furar onda? Como se fura onda? Vem, eu te mostro.

Andaram até onde as ondas cresciam e, quando uma se formou, Lilo mergulhou antes de ela quebrar, puxando o pai pelo braço. Na volta, ele tossiu, tinha engolido um'água. Foram de novo. Agora o pai puxou o filho para furarem a segunda onda. Os dois voltaram sorrindo. A criança brincava tão alheia que não percebeu a camisa do avô dançando longe, escapada de baixo da bunda. Enfiou os dedos na areia molhada e sentiu as cócegas das pequenas criaturas que em sua cabeça chamava de tatuilhas. Imaginou que era por causa delas que existiam os oceanos, que se formavam as geografias. Comiam a areia, se deslocavam. A criança de repente pensou na extensão da areia, pensou onde terminaria o mundo e sentiu seu coração errar uma ou duas batidas. Mas não era nada, era só aquilo que todos sentiam quando compreendiam algo maior do que mensuravam.

Era a mesma coisa que naquele momento seu avô sentia, pondo a mão no peito e segurando forte seu coração ali dentro. Tudo bem, pai? Quer sair? Quero. Lilo sentiu algo que não soube definir. Pensou que eram muito parecidos e muito diferentes. Pensou que logo o pai iria embora, que talvez não o visse nunca mais, que não sabia nada sobre ele, e isso o entristeceu demais. Sentiu doer-lhe algo atrás das orelhas ao passo que a felicidade ali, naquele conjunto, empurrava-lhe umas lágrimas olhos afora. Saíram ambos com a boca roxa. Pai, olha! A criança corria com as mãos em concha. O pai se agachou para agarrá-la. A criança se atirou ao colo dele. A concha dentro das mãos em concha da criança era perfeita. E essa agora? Você tem um nome para ela? É uma concha, é o nome certo. Ah é? É. Essa aqui tem o nome que deveria ter. Então as coisas têm sempre um nome certo de acordo com o que são? Sim. E quando isso não acontece a gente muda a coisa ou o nome dela. Lilo olhou para a pequena criança sábia que era. Sabe que se colocar a concha no ouvido a gente ouve o mar? É? A criança colocou a concha ao lado do rosto e a ajeitou ali. Olha aonde foi parar a minha camisa, Lilo. E apontou para o pé de uma duna distante. A praia vazia naquele último dia de verão. Tudo bem, pai? Tudo bem, só estou cansado. Vamos voltar. Vão até a duna, ajudados um pouco pelo vento. A criança recolheu a camisa do avô. Desculpa, vô. Não tem problema. O velho vestiu a camisa. Eles andaram até a rua, limparam a areia dos pés. Fazia um pouco mais de calor. O vento magicamente ficou na areia, como se ali houvesse uma barreira invisível. Andaram até o carro. Espera, vou pegar uma toalha para o senhor se sentar em cima. Acho que eu quero trocar o calção antes de viajar. Tá bem, vamos parar em algum lugar. A criança se deitou sobre uma canga no banco de trás e fechou os olhos. Praia cansa, né? Cansa.

A criança já estava alheia, segurava a concha no peito, como se seu coração pudesse ouvir chamados de outros mundos, cantos fantásticos de sereias. O avô pegou a concha das mãos dela. Toma a toalha, eu vou ali comprar uma água antes de irmos. Sim, vá. O pai acompanhou com os olhos o filho atravessar a rua, depois olhou a praia e se perguntou como podia nunca ter ido ali, que estado de não curiosidade o tinha mantido afastado do mar e de outros espaços de partilha profunda e por que agora aquilo havia se tornado um desejo. Aquietou-se. Sentiu uma tristeza estranha quando a verdade se instalou dentro de si, quando pensou quanta vida também tinha perdido ao estar longe daquele filho. Vergonha, trabalho, vida dura, obscura, a dificuldade na compreensão daquelas palavras: gay, lésbica, gênero, trans, identidade, homem, pai. Teve que reaprendê-las todas. Ressignificá--las. Talvez tenha demorado um pouco demais para reconhecer esses caminhos.

Lembrava-se de Lila, da criança que se parecia exatamente com aquela que dormia no banco de trás do carro. E pensou que a vida era tão pouca e que não era certo desacreditar encantamentos, que não era certo dar nome às coisas e às pessoas e esperar que ficassem imóveis, sendo que a vida era este movimento constante e barulhento. Continuava olhando a praia. Tinha Lila na memória. Assim como o filho a tinha. E agora teria Lilo. E o amaria pelo tempo que lhe restasse. Entrou no carro e fechou a porta. Conferiu se a criança estava mesmo dormindo, olhou para ver se o filho estava voltando e, como ninguém o via naquele momento, levou a concha ao ouvido. O carro silencioso. A concha chiou. Os olhos do velho marejaram e seu coração se atrapalhou nas batidas. Não quero morrer com segredos. Nunca teve medo da vida. Vô, tá ouvindo o mar? O velho engoliu o choro. Estou. E dá pra ouvir as tatuilhas também. Ele riu. Não sei, deixa eu prestar atenção. A criança sonolenta pediu que a avisasse em caso afirmativo. Eu não sei que som as tatuilhas fazem. É um som de cavoucar, um som de areia. Um som de areia? Então acho que dá pra ouvir, sim. E os fantasmas da água? Ele se virou para trás e a criança continuava com os olhos semicerrados de sono. Que som eles têm? Um som bem pequeninho, de fantasma. De fantasma? É. Eu não sei como é. É tipo um vento bem frio e fininho, mas mole. Hum, não sei se consigo ouvir.

A concha ainda chiava. Tudo bem, um dia a gente vai saber, vô, um dia a gente vai ser fantasmas. É? É, quando morre. O velho passou a mão no cabelo da criança, tocou seus pés que estavam quentes e vivos. Ou tatuilhas, o que o senhor prefere, vô? Lilo abriu a porta do carro, entrou e entregou duas garrafas de água para o pai, enquanto se ajeitava. Tatuilha, eu acho. Eu também. Do que vocês estão falando? Da praia. Ah, bem. Olhou os dois. Falei com o homem do bar, o senhor pode ir lá trocar de roupa. O velho olhou aquelas duas pessoas e sorriu. Se importa se eu for dar mais um mergulho antes de ir trocar de roupa? Sozinho? Só me molhar um pouco, me despedir. Quer que eu vá com o senhor? Não, quero ir sozinho. Certeza? Sim. O velho bateu a porta do carro e voltou para a praia. Lilo ficou observando as costas dele. Tinham uma fragilidade quase inexplicável. Onde o vô vai? Se despedir. De quem? Perguntou e dormiu. Lilo olhou para trás e agradeceu por não precisar responder nada.

Passou a língua atrás dos dentes, ali ele era quem era. Lembrou que naquele dia, ao chegar ao hotel, o recepcionista olhou esquisito para a sua tia, que perguntou se ele tinha perdido alguma coisa. Ele baixou os olhos.

No apartamentozinho daquele hotel barato, a mãe massageava os pés da avó, pés duros, cascudos e feios, como seriam os seus no futuro. Não gostava de olhar os pés da avó.

— Vem passar creme no pé da vó, pra eu ir tomar banho — disse a mãe.

— Eu não quero.

— Quer e vai. E depois vai tomar banho pra comer.

— Não estou com fome e não quero comer nem falar. Dói. A tia besuntou as mãos dela de creme.

— Passa ali no pé da vó. Depois todo mundo vai se sentar e comer. Tu vai ter fome depois, ficar na água dá fome — disse a tia, talvez para evitar contar o ocorrido.

— O mar dá muita fome, filha.
— Por que não vamos comer na pracinha? Tá cheio de gente.
— Porque não. Tem pão, queijo, suco e banana.
— Mas isso a gente come no café da manhã, tudo igualzinho.
— Perder dente dá fome. Tem que comer pra fazer o dente que vem depois — a vó disse.
— Ela perdeu dente?
— Perdeu — a tia disse e agarrou seu queixo para mostrar.
— Olha, mas tava mole faz tempo isso aí.

Nada daquilo dava fome. Pensou que se elas soubessem que ela não era mais uma criança, que agora era imensa e revolta, se elas soubessem, talvez, só talvez, o sofrimento de ver uma criança se tornar independente teria sido mais alegre. Mas não. Sentou e comeu em silêncio um pouco da dor junto com pão.

Depois da janta esperou a avó sair do banheiro e entrou. Abriu a bolsinha da avó: remédios, remédios, remédios, um pente, anéis. Ao lado, os dentes num copo d'água. Pegou. Botou na boca e imitou a cara da vó.

— Faz massagem no pé da vó — pegou o próprio pé e lavou na pia.

Abriu a da tia: batom, maquiagem, remédios, um dinheirinho amassado, cogitou pegar, mas não teve coragem. Algo que pensou ser um chocolate. Abriu e achou um plástico gosmento redondo. Limpou as mãos com nojo. Abriu a bolsinha da mãe: remédios, uma tesoura. Cortou um pedacinho da franja. Curto demais. Cortou um pedacinho do cabelo que crescia perto das orelhas. Amarrou o pouco cabelo fino e preto que tinha com uma chiquinha e passou a tesoura. Viu o tufo cair na pia. Riu, levada. Aparou o resto. Botou a mão na boca, rindo um pouco de nervoso, um pouco de alegria.

— Carolina! Tá aprontando no banheiro?

— Não!
— Pra que demorar tanto?
Não respondeu. Lavou o rosto. Juntou o cabelo e botou no lixo. Fez xixi. Se olhou no espelho. Fez uma pose com os braços cruzados. Passou a mão no cabelo. Destrancou a porta do banheiro e saiu.
— Mas o que que tu fez, guria?
Só fez rir, a boca sem dente, molusco feliz e dolorido. A vó sem os dentes também ria.
— Carolina, puta merda.
A tia também ria.
— Parece um ninho de rato.
— Já pra cama.
— Eu não tô com sono, não quero ir pra cama — ela disse e sentiu a boca doer um tanto.
— Pra cama. Criança não tem querer. Já aprontou demais. Amanhã de dia a gente arruma essa merda.
— Posso ver tevê?
— Não. Como a gente dorme se tu ligar a tevê? — A mãe apontou para a tevê, para a cama e para o sofá, todos no mesmo cômodo. — Aí quem quer dormir não consegue.
— Ai, vamos ver a novela pelo menos — a vó reclamou. — Vamos ver uma tevê, capaz de a guria aprontar de novo.
— Tá bom, tá bom.
Ela ria sozinha, a boca parecia cheia de areia, a língua raspava e continuava a doer. Depois, ficou olhando para o teto, enquanto ouvia a tia, a mãe e a avó roncar. Pensou como criança não tinha querer e listou tudo o que queria, e ela queria muitas coisas, tanto mais para contrariar o que tinham dito. Quando todas pareciam estar dormindo profundamente, pegou seu chinelinho e saiu do quarto pé ante pé. Calçou-o só quando chegou à portaria. O homem dormia de boca aberta na recepção. A rua

estava movimentada até uma parte do caminho e, embora a olhassem comprido por vezes, as pessoas achavam que ela estava com alguém. Tinha que estar, criança não saía sozinha.

Quando chegou à praia, tirou o chinelo. A areia estava gelada e o som das águas furioso. À noite, tudo ficava mais assustador, mesmo para uma criança corajosa. Deixou seu chinelo e sua roupa a uma distância segura do mar, não seriam engolidos. Foi entrando bem devagar, como se estivesse fazendo algo impróprio, impossível, desobediente. Foi entrando. Entrando. E de repente sentiu a força de um braço arrastá-la dali. Não conseguia voltar. Tentava, como de manhã, abrir as pernas e forçar o equilíbrio. Até que ouviu:

— Ei, moleque, não fica com medo. Dá a mão. — Ela deu.
— Por que tá aqui sozinho? — No escuro, não conseguia saber quem era a pessoa nem que cara tinha.
— Vim mostrar que não caio sempre.
— Mostrar pra quem? Não tem ninguém aqui.
Ficou quieta. Mostrar pra quem?
— Vim provar que posso ir aonde eu quiser. Quando eu voltar, elas vão saber que eu tenho querer.
— Não tem nada de bom em estar sozinho. Quer dizer, não se isso for pra provar uma coisa. Às vezes é bom, mas eu, por exemplo, preferia ter companhia.

Chegou perto do homem e foram saindo do mar. Calçou seu chinelo, ele também. Estava sem camisa e olhava para o chão. Ficou com medo e quis que sua mãe, sua tia ou sua avó a tivesse seguido e logo chegasse para o resgate. Mas elas dormiam alheias.

— Não precisa ter medo. Eu só vi que tu foi pra água sozinho e achei que precisava de ajuda. Nunca vi alguém tão pequeno querendo morrer. Eu mesmo nunca tive coragem.
— Eu não queria morrer.

— E por que estava entrando no mar sozinho numa hora dessas? Achei que quisesse morrer.

— Eu queria mostrar que... — e parou.

Uma onda quebrou forte e a água os alcançou. Por um minuto, meditou na possibilidade da morte, pequena como era sua história: um fiapo, uma poça d'água. Sentiu um tranco por dentro. Quis voltar correndo para o hotel. Olhou as ruas, desembocadas na beira-mar e não soube de qual delas tinha saído. Quis chorar. Quis se sentir pronta. Como criança que não tinha querer? Tinha, sim. Tinha tanto querer em si, e querer se faz com vida.

— Tu mora aqui?

Balançou a cabeça em negativa.

— Tu tá numa casa ou num hotel?

— Hotel.

— Tu lembra o nome?

— Âncora.

— Sei qual é. Vem, eu te levo.

Olhou cabreira. Depois pegou na mão do estranho e andou uns passos.

— Espera — disse.

— O que foi?

Correu para o meio da faixa de areia. Baixou, deitou o rosto no chão da praia. Sentiu a granulação fria e um leve tremor, ouviu um chiado, como se dali o mundo estivesse em estática, como se algo estivesse em desarranjo. Teve a impressão de ouvir a própria voz e pensou ser o pedaço da língua que tinha ficado por ali mais cedo, desfeito, estilhaçado, partículas de si. De repente, tudo ficou calmo e ela sussurrou num buraco de tatuíra que tudo bem, podiam compartilhar aquele segredo, podiam compartilhar a língua, os desejos. Ela dava um pouco, o mundo dava um pouco. Fizeram esse acordo. O mundo e seu coração. Não usou palavra nenhuma. Sussurrou a respiração na fenda e pediu resposta.

— Fala alguma coisa.
— Falar o quê? — o homem respondeu, como se fosse com ele.
— Fala alguma coisa.
— Guri, tu é estranho. Vamos? Antes que alguém me veja contigo aqui e pense sei lá o quê. Não quero problema.

Não era a primeira vez que a achavam estranha. Depois descobriu que as pessoas se agrupam por afinidade.

Levantou e ele a levou até a esquina do hotel.
— É ali, consegue chegar?

Fez olhos de desdém para o homem. É claro que conseguiria chegar.

Correu até a portaria e parou. Voltou para olhar e ele já dobrava a esquina. Saiu correndo e chamou. Ele parou e olhou para trás.
— O que foi? — disse assustado.

Foi até ele, puxou-o para si e lhe deu um beijo no rosto. Depois voltou correndo para o hotel. O recepcionista continuava dormindo, assim como sua mãe, sua tia e sua avó. Ela se deitou e passou a noite em claro. Dormiu de manhãzinha. A mãe acordou cedo e chamou-a para caminhar na praia, uma réstia de sol batendo no olho.
— Vamos? A gente chega e toma café da manhã.
— Sim.

Botou um short e uma camiseta. A mãe passou a mão na máquina fotográfica e as duas se foram.

A areia estava menos fria do que à noite. Ela não sabia em que trecho havia andado à noite, mas deu para ver que a maré tinha descido.
— Fica ali perto das pedras pra eu tirar uma foto tua.
— Não quero.
— Fica ali, filha.

— Não adianta uma foto.
— Claro que sim, é uma lembrança.
Colocou uma das mãos na rocha e tentou fazer parte daquilo tudo. Deixar a lembrança na pedra.
— Mãe, como que a gente faz parte do mundo?
— A gente faz parte, filha, não tem como não fazer.
— Mas não é sempre nem tudo. Nem todo mundo faz parte do... — Parou, pensando que a resposta não fazia sentido, mas não soube como reformulá-la. Tinha algo grande em si que dizia respeito ao mistério, mas ainda não sabia pôr em palavras.
— Não. Seria demais. — Olhou para o horizonte. — Seria esmagador.
Tirou a mão da rocha e olhou sua palma a fim de conferir se algum pedacinho da rocha estava nela. Limo. Serve, pensou.
Viram a vó e a tia chegar de longe e depois todas se posicionaram para uma foto, tirada por um estranho.

A lembrança só é possível numa captura. Não é a luz no papel, é outra coisa. Hoje quando olha as fotos, sente que estava errado. Sente que acreditava nas outras possibilidades de integração com o mundo que estão embaladas ali apenas, naquele momento no papel, um instantâneo. Não é como estar lá, mas é uma lembrança do que se foi e das que se foram. Tirou do porta-luvas a foto de si mesma pequena, mão no limo. Um espanto aquele moleque.
O pai voltava para o carro, boca arroxeada. O sol já estava baixo e o calor já não era tão eficaz. Lilo estende a toalha pela janela.
— Aqui, pai.
O pai dá a volta, abre a porta e, antes de se sentar no banco, limpa os pés.

— Não seja um pai como eu fui, ausente. Digo, eu sei que tu não é assim. Tu é um bom pai. Ela te ama. — O velho fecha a porta.

Os dois ficaram quietos.

Lilo fechou os olhos. Amassou a foto na mão, como se pudesse também absorvê-la, depois abriu a mão e a entregou ao pai.

— Sou eu. Naquela vez que a gente foi à praia, antes da vó falecer. Quer dizer, quando tu não foi.

— Eu sei, eu guardei. Não tinha fotos de você pequeno. — Disse *pequeno* — Lilo, ali tu já sabia que... tu já achava que não era como queria?

— Não, isso foi muito depois. Acho que ali eu entendi outras coisas sobre a vida, sobre quem se é, sobre partilha e entrega. Muito maior do que isso. — Apontou para si. — Mas tu pergunta por causa da coisa do cabelo?

Ficaram um pouquinho em silêncio.

— Tua mãe ficou braba, achava que tu tinha problema. Achava que era porque eu não dava limite. — Olhou para longe.

— Eu devia ter conhecido o mar antes, agora já vou morrer, os segredos já não prestam para nada, não vou lembrar, não vou ter tempo de guardar como preciosidade para passar adiante.

Ouviram do banco de trás a criança ressonando. Dormia com a concha no rosto.

— Para aonde tu quer ir agora?

— Não sei. — Lilo disse e respirou o fim do dia.

— Me conta a tua história.

— O senhor conhece a minha história — ele disse com vergonha.

— Eu não. Soube só pela sua mãe, mas depois. E a gravidez... imagino que tenha sido complicada.

— Eu sempre tive gente querida comigo.

— E ela te chama de pai.

— Sim, eu sou o pai dela.

— Ela não fica confusa?

— Às vezes, o mundo confronta, mas ela tem a realidade dela. Por mais que algumas crianças ou, pior, por mais que pais e mães de crianças digam que não é possível, ela sabe que é, porque vive essa realidade. Temos fotos, contamos as histórias e nada é místico ou complicado. Não é superfácil também, as pessoas são brutas.

— Quando tu nasceu, eu achei místico e complexo. E, agora, olhar para ti ainda é místico e complexo. Não porque tu fez, como é... — coçou o nariz — transição?

— Isso.

— Não por isso, mas porque ainda me assombro com a vida, com você ser meu. Filho. Você era tão pequena e já tão forte! Agarrou meu dedo e foi difícil fazer soltar. Eu não queria te machucar. Nunca quis. Me desculpe.

— Tudo bem, pai.

— Tudo bem, pai — a criança ecoou do banco de trás.

— Vamos indo. E tu me conta a tua história até aqui.

Tudo começou com uma queda, com uma força descomunal que o atirou no mundo e ele quis tudo. Não sabia explicar seu desejo de ser outro.

— Eu sempre fui o que quis ser. Essas transformações, no final das contas, são as mesmas que as pessoas que desejam e se respeitam têm. Entende?

O velho fez que sim com a cabeça. O filho respirou fundo e olhou pelo retrovisor.

— Não é tão simples quanto parece, mas só na parte externa. Dentro de mim, existem as turbulências normais da vida. Nunca me senti outro, descolado. Eu fui me construindo. — Olhou pela janela. — Se o senhor estivesse por perto... — Parou.

— Eu sei.

— Não foi nem por causa disso, entende? Foi a doença da mãe e tudo ruindo. Teve momentos em que me senti muito sozinho e sobrecarregado. E o senhor não estava ali pra dividir.
— Eu também me sentia...
— Mas o senhor quis ir embora.
— Mais ou menos, Lilo. Bom, talvez seja o momento de te contar uma coisa que... Eu não quis ir embora, eu tive que ir. Eu também tenho os meus desejos e... Bem, lembra do Sérgio?
— O tio Sérgio?
— Ele não é exatamente seu tio. É o meu... companheiro. Meu marido.

Lilo quase perdeu a direção olhando para o pai. Encostou o carro num recuo da avenida beira-mar.

— Pai, o senhor... Não, o que... seu marido...
— Eu fiquei com vergonha, Lilo. Não sei nem como isso saiu da minha boca agora. Ensaiei tantas vezes te contar, e hoje, então, muitas vezes engoli as palavras. Agora saiu. Tudo assim torto. Se tu te construiu e sempre soube o que quis, se algo aconteceu na tua vida que te fez enxergar... na minha não aconteceu. Eu tive muito medo, vergonha, raiva. Por muito tempo senti raiva de mim e de todos os homens com quem estive enquanto a tua mãe...

— Eu não... — Lilo apertou os lábios e piscou algumas vezes, como se estivesse processando uma realidade — eu não fazia ideia. — Bateu com o punho no volante. — Mas isso não te exime de... — Parou e balançou a cabeça.

— ... de nada, eu sei. É que eu me achava um doente. E quando ela morreu fiquei me sentindo culpado. Nunca falei nada, mas acho que ela desconfiava. Eu não conseguia nem te olhar. Mas aí veio o Sérgio e tudo... — olhou para mim com olhos baixos — tudo mudou. A gente era dois chucros, Lilo. Bancamos ficar juntos, ele se separou da mulher e fomos morar juntos fingindo ser dois solteirões.

— Por que está me contando isso agora?
Lilo pensa que talvez tivesse sido melhor ele ter levado essa informação para o túmulo. Não sabe se quer ouvir a resposta.
— Porque mais tarde não ia dar. — Olhou para fora do carro. — Vamos sair um pouco, ir lá na areia?
Saíram do carro e se sentaram num banco de areia fria. De costas para o mar, de olho no carro, onde a criança dormia sem nem sonhar sobre o que conversavam seu pai e seu avô.
— O senhor está morrendo?
— O quê? Não, não. Quer dizer, eu vou morrer, estou velho. Mas não estou doente nem nada, quer dizer, tudo o que tenho está sob controle.
— Não sei o que pensar. — Juntou um punhado de areia.
— Por que agora?
— Acho que foi a foto de vocês. Encontrei a foto quando eu organizava umas coisas lá em casa, falei com o Sérgio, ele disse que eu não devia mais ficar distante, que a gente podia tentar passar um pouco de tempo juntos. Não sei, não sei de nada. Parece tudo meio frágil, meio fingimento.
— Fingimento?
— Lilo, eu não consigo me sentir bem com tudo que fiz. Me anular, trair a tua mãe, me esconder, me afastar de ti, viver uma vida de vergonha e mentira. Daí, quando eu soube de ti todos esses anos caíram em cima de mim como um tonel de culpa paralisante.
Lilo olhou muito sério para o pai. Não sabia o que dizer, o que sentir, ouvia as ondas quebrando às suas costas, quebrando o mundo. Quis recuperar a língua e os segredos das fendas, para poder tirar algo dali.
— Acho que o senhor não tem mesmo como se sentir bem. Eu não me sinto bem, nem tem como ignorar. Mas... mas que

isso não nos impeça de, sei lá, pai, que não nos impeça de um recomeço depois das coisas ditas. Eu... — parou — eu odiei o senhor. Por muito tempo. Depois me senti tão cansado e precisava dar conta de tanta coisa que esqueci de continuar te odiando. Deu certo.
— Sonhei alto, meu filho. Cansei de viver nesta realidade, cansei de me esconder de mim mesmo. Tanta coisa teria sido evitada, tanta dor, sofrimento. Imagina se eu pudesse ter conversado com a sua mãe, se não tivesse me sentido sujo, doente. Imagina se tivéssemos tido a tua compreensão dos nossos desejos?
— O senhor podia tudo isso. Imagina.
— Não é simples. Não aconteceu. Temos apenas esta realidade aqui e não vai ser fácil lidar com ela.
A criança saiu do carro.
— Por que tão sentados aí no escuro?
— A gente tava conversando e não queríamos te acordar.
— Conversando sobre o quê? — ela perguntou enquanto se aproximava.
— Sobre a vida.
— Mas sobre o quê da vida?
— Sobre a vida, ora.
— Mas a vida é... é... um monte de coisas, ela é enorme.
Eles sorriram.
— É verdade.
— Então era sobre o quê?
Pai e filho se olharam.
— Sobre sentimentos estranhos e novos, coisas que a gente não esperava ou queria — disse Lilo e seu pai concordou. Pousou a mão no ombro do filho, dando um pequeno soluço, como se estivesse assustado com o próprio coração.
— Bom, agora eu já acordei e tô com fome.
— Vamos procurar um lugar para comer.

A criança se sentou com eles, se escorou no avô e botou as pernas por cima do pai.

— Que bom que eu tenho um vô agora. O senhor vai continuar visitando a gente?

— Sim, claro que vou, não é, Lilo?

— Sim.

— Na verdade, você tem dois vôs.

— Dois? — Os olhos da criança brilharam.

— Dois. Tem o vô Sérgio também.

— Tá — ela disse e sorriu.

Os dois homens se olharam. Teriam que dar um jeito de recomeçar, de pensar em coragem e perdão.

Lilo consultou seus sentimentos. Não sentia mais raiva do pai, sentia um misto de tristeza e euforia. Seu pai ainda sentia vergonha, agora por novas decisões que havia tomado, mas se lembrou de que o mundo era outro. Será que poderia gostar mais deste mundo? Aquilo era uma aposta no futuro e o que os alegrava era haver mesmo algum futuro ali para os dois descobrirem juntos.

Uma boa pessoa

A Marisa não ligou no meu aniversário. Não pensei que ela fosse esquecer. Talvez não tenha esquecido. Vai saber.

— Se ela te ligar, Marcela, compro um chinelo novo pra ti, que esse aí tá foda.

— Ela vai ligar, Alexandre, para de agourar. Ela pode até aparecer de surpresa.

— Ah, tá. Me engana que eu gosto.

— Se ela não ligar, eu dou bombons pra todo mundo.

— Bombom caro! Não espero menos que isso.

— Tá bom, mas não precisa mexer esse dedinho bicha assim.

Ele riu, fez a cara que chamava de tódio — tédio com ódio — e apertou os olhos para mim.

— Isso cansa, hein, Marcela... Amanhã lá em casa, certo? Vai a Clau, o Bezerra, a Veri, a Carlinha, talvez o Tadeu, que é o boy aquele, eu e você, amore.

— Estarei lá.

— Te mando mensagem com os detalhes.

Saímos do supermercado e cada um foi pra um lado. A Marisa não veio. Nem ligou. Não pôde vir, quer dizer. É que depois que ela foi nomeada, eu até entendo, teve a mudança abrupta para São Luís, e viver em outro estado, vida de professora universitária é difícil, eu sei. Quer dizer, não sei; sou autônoma. Mas, enfim, ela teve que ir. Saiu da casa dela, eu tive que sair também, pois morava com ela tinha quase um ano, saiu correndo pra assumir a vaga. Deixou o Pastel para mim.

Faz seis meses e desde então nos vimos duas vezes. Na primeira, eu fui para São Luís, passei uma semana lá, mas acho que escolhi um momento ruim, ela estava bem ocupada, a adaptação e tal, mas ao menos eu pude ajudar. E aproveitei para conhecer a cidade, turistar, comer. Na segunda vez, ela veio para cá porque tinha que pegar uns livros, umas roupas, a cafeteira, umas caixas de coisas que eu organizei para ela. O Pastel está comigo ainda. Ela quer levar, mas não tem como, não é realista. E no final das contas a gente está se entendendo melhor, meus horários são tranquilos e raramente o serviço é demorado. Me chamam para trocar resistência, fusível, resolver problemas simples de encanamento, coisinhas que não funcionam, aí posso ficar bastante com ele. É que um cachorro daquele tamanho, embora já idoso, precisa gastar energia.

Depois dessa última vez, ela não teve mais tempo para viajar, disse. Eu acredito, né? Por que alguém iria mentir pra manter uma pessoa à distância? Não sei, eu pelo menos não tenho mais idade para isso. Falei para a Marisa que se ela quisesse eu ia, me mudava até. Alugava um carro grande pra ir com o Pastel. Um Doblô, algo assim. Talvez tenha gente que faça esse tipo de serviço, preciso me informar. E trabalho eu arrumo em qualquer lugar, não vejo problema. As Minas de Casa atendem em várias cidades. É tipo o Uber dos serviços domésticos e pequenos consertos. Namorar à distância é dureza.

No dia seguinte, respirei fundo antes de apertar o botão do interfone da casa do Alexandre. Não seria uma noite exatamente fácil.

— Marcela! Entra, entra, tu quer tomar o quê? Pode escolher, é teu aniversário. Eu abro a garrafa que tu quiser. — O Alexandre me abraçou e me beijou, querido como sempre.

— Nada não por enquanto. Oi, gente! Uma água, pra falar a verdade.

— Ah, Marcela, vai... Tem cerveja, vinho, uísque, gim, é só dizer.

Fui beijando todo mundo. A Clau me deu um abraço um pouco mais alongado, mexeu no meu cabelo. É foda, eu vejo que ela tenta dar em cima de mim, mas agora eu estou com a Marisa, então paciência. Tenho certeza que a gente se daria bem, só que...

— Um guaraná então.

— Uma cervejinha, ao menos, vai, Marcela.

Eu nem bebo. Será que eu sou como essas pessoas chatas que não sabem que são chatas? Não, eu sei que sou bacana.

— Uísque então.

— Uísque? Nooossa, Marcelaaaa! Excelente! Uísque é sempre um bom começo e o que eu tenho aqui é sensacional.

— Com coca.

— Com coca? Aí tu me fode. Estraga. Isto aqui é um dezoito anos, amiga. Se quer tomar com coca, eu vou te servir um Jack.

— Pode ser, eu acho que tudo tem o mesmo gosto.

O Alexandre só não revirou mais os olhos porque não tinha como, mas serviu a minha bebida num copo bonito e com um guardanapo embaixo. Botou até uma cerejinha. O povo ficou alto bem rápido, eu fui bicando o meu uísque e completando com a coca.

— Quantos anos, Marcela? — a Veri perguntou.

— Quarenta e três.

— Quarenta e três! Cara! Tu é mais velha que eu? Eu achava que não! Olha a pele dessa mulher. — Ganhei um abraço de bêbada, esses de lado. — Vamos pro Uruguai no verão? Todo mundo? Quero comemorar meu aniversário no Uruguai, na praia! Cabo Polônio.

— Eu nunca fui pro litoral do Uruguai, dizem que é massa. Eu só fui pra Buenos Aires e Montevidéu com a minha família, quando eu era pequena.

— Que chique, Marcela.

— Pois é, lembro que fiquei muito cismada quando me contaram que La Plata era rio e não mar. Parece mar. E a burra nem pra olhar no Google Maps.

— Mas é, né? Porque não dá pra ver o outro lado, né? — o Bezerra disse.

— Exatamente.

— Eu tive a mesma sensação, mas já adulto.

— É, dá uma agonia a sensação de querer saber o que tem lá do outro lado, que não tá longe, mas que é impossível ver. Na balsa a sensação é a mesma, parece uma travessia oceânica. Mas é rio. De repente vem a margem.

— Río de La Plata — a Clau disse, carregando no sotaque.

— É um estuário, tipo o Guaíba.

— Nada é tipo o Guaíba — a Carlinha falou, erguendo as mãos.

Não entendi se era uma piada.

Uma algazarra de vozes se ergueu sobre a música de fundo e planos mirabolantes foram tramados com risos, gritos, lembranças, projeções. Gosto que meus amigos e minhas amigas sejam pessoas empolgadas, ao contrário de mim. Gastamos um tempo ali na cozinha, comendo, bebendo, rindo. Aí eu fui pra sacada respirar e a Clau veio falar comigo.

— A galera fuma dentro de casa. Dentro de casa, velho, impressionante.

— Não sobra ar pra quem só quer deixar o corpo exercer suas funções básicas, né?

A Clau é muito saúde, corre, malha, faz jiu-jítsu, acho que é isso. Se não for é krav maga.

— A vista do apartamento do Alexandre é tão bonita... Pro lado que não tem cidade, né?

— Ah, mas a cidade não é feia. Dessa distância até fica legal, bem iluminada, contrastando com o pretão do céu.

— Mas pro outro lado é só mato, tem um caminho grande de mato e árvores altas que acaba lá na colina. Pôr do sol delícia. Depois tem as cachoeiras lá longe.

— A gente ia bem esporadicamente, porque no auge do verão o poço se enchia de sanguessugas e não dava pra entrar.

— As sanguessugas... Mas é bonito de todo modo. — A Clau olhou pra algum ponto distante e depois pra mim. — Marcela, como vocês duas estão? Quer dizer, primeiro eu quero saber como tu tá.

— Eu tô bem, guria. Tô indo. Tem dias que são melhores, outros nem tanto.

— Eu sinto muito pelo teu pai.

— Ah, ele já tava indo, né, Clau. Fazia anos que tava indo, a gente meio que já esperava.

— Mesmo assim eu sinto muito, e se eu puder ajudar de alguma forma...

Eu nunca aceitaria ajuda da Clau, porque, sabe como é, uma coisa leva a outra. Eu não estava preparada para...

— Tudo bem, acho que pra minha mãe foi até um alívio. Ele não era mais uma companhia, sabe, virou um trabalho, um fardo pra ela. A gente sempre tratou dele muito bem, mas já tava sofrido pro meu pai, e pra nós também. Fora que a mãe tava com pouco serviço de costura, preocupada por não estar conseguindo mais, porque as coisas do meu pai andavam caras.

— A crise pegou todo mundo.

— Ah, sim, mas, no meu caso, de faz-tudo todo mundo precisa. Tem gente que não sabe trocar uma lâmpada, uma resistência de chuveiro, desentupir um sifão. Eu tô cheia de trabalho.

— Ah, é?

— Quer dizer, tá mais fraco do que no ano passado, mas tá dando pro gasto. E eu tô na minha mãe também, daí fica menos oneroso financeiramente. Pra mim e pra ela. Eu gosto da minha mãe, de amiga, sabe?

— Sei.

— Então tô levando de boa, nós estamos. E tu, Clau?

— Eu tô bem. O Bezerra se mudou, finalmente, então agora tenho a casa só pra mim.

— Que bom, hein?

— Bom, Marcela? É ótimo! Por mais amigos que ele e eu sejamos, é sempre estranho ter alguém na tua casa que não seja da tua rotina, sabe?

— Sei. Minha mãe que o diga.

— Eu não quis dizer... até porque mãe é mãe, é diferente a tua situação.

— Clau, tudo bem, não precisa se explicar.

— Desculpa mesmo, o Bezerra é que é folgado demais. — Ela olhou pela porta de vidro que separava a sala da sacada, estavam todos vendo alguma coisa no celular da Carlinha. — Acredita que teve um dia que ele levou um cara pra casa sem nem me avisar? Tava loucão, claro, levou o boy pra transar.

— Jura?

— Por Deus! Mandei mensagem pro Bezerra perguntando se ele queria alguma coisa porque eu ia pedir comida e ele nem respondeu. Jantei, eu tava de TPM, peguei uns bombons e fui pra sala. Quando eles entraram, eu tava assistindo televisão, ali de boa, vendo *The Crown*.

— Não consigo gostar dessa série.

— Ah, não, Marcela, tu acaba de perder pontos comigo — Clau disse com a mão no peito, como se tivesse ouvido uma ofensa real. — Bom, de repente, chega a bonita com o boy. Não que ele não pudesse levar alguém, mas, sei lá, avisa, né, fio. Não sei o que deu nele.

— Tava pensando com o pau?

Rimos.

— E o cara era um puta gostosão. O pobre nem pôde aproveitar.

A Clau parou de falar e me olhou de um jeito que eu sabia que vinha pergunta forte. — E tu e a Marisa?

Eu sabia.

— Nossa, essa música é "Águas de março" em francês? — eu perguntei.

Clau olhou para dentro e viu Veri cantando.

— Sim, vai, desembucha, Marcela.

Apoiei as mãos na grade da sacada.

— Então, sei lá, ainda tá meio confuso.

— Confuso como?

— Ela pediu pra eu sair do apartamento dela, eu saí. Ela pediu pra eu ir pra São Luís, eu fui. Depois ela pediu pra eu não ir, eu não fui. Eu tô com o Pastel porque ela pediu; pelo menos a minha mãe mora numa casa, daí fica mais tranquilo. Ela liga quando quer e nem sempre atende quando eu ligo.

— Tu tá com o Pastel? Não é um fila gigantesco?

— É um mastim.

A Clau ficou me olhando.

— Tu não tá pensando nem com a cabeça nem com a buceta, Marcela. Eu preciso de um cigarro. — Parou com a boca aberta, como se não conseguisse produzir qualquer som, até que... — É um cachorro enorme, Marcela! Ela tá mandando dinheiro pra tu cuidar do cachorro? Imagino que tu gaste uma grana com ele.

— Capaz que eu ia exigir isso, né. O Pastel também é um pouco meu. Isso de dinheiro a gente vê depois. Ele é um amor.

— Marcela, não é isso.

— Tá, tá, é que ela pede e eu... Por exemplo, ela pede pra eu mandar mensagem, eu mando, aí ela desaparece e me deixa preocupada. Depois ela manda fotos, diz que está fazendo isso e aquilo. Acho que ela pode estar com depressão. — Parei e mordi o lábio. — Mas não quer ajuda. Eu disse pra ela: Mar, eu vou praí, eu te ajudo, eu te cuido, eu te isso, eu te aquilo, ela diz que vai pensar e depois esquece. Daí manda mais fotos, de praia, de trilha e depois nada.

— Marcela, termina isso, sério. Tu não...

— Eu disse pra ela que não queria mais, que não sabia fazer aquilo a distância.

A Clau me olhava, acendendo um cigarro imaginário no outro.

— E aí?

— Aí ela ligou perguntando por que eu não tinha mandado mais mensagem e que não conseguia viver sem mim, coisa e tal. Perguntou se eu estava saindo com alguém. Tssss. Vê se pode! Eu com alguém!

— Por que não? Tu acha que não merece estar com alguém que te trate com o mínimo de respeito?

— Não. Eu não disse isso. É que eu tô com ela, e nessas circunstâncias eu não... Tu entendeu.

— Sei. E o apartamento dela tá vazio?

— Mais ou menos, ainda tem algumas coisas lá. Eu vou molhar as plantas da jardineira, as outras eu levei, de vez em quando vou lá ligar a geladeira pra ela não estragar, quando ela vende algum móvel ou eletrodoméstico nesses sites, eu é que combino as entregas... Coisas assim.

— Marcela... Marcela, e por que tu não tá morando lá?

— Porque está pra alugar, ela quer alugar pra ajudar um parente dela, sei lá.

— Mas, meu Deus, tu tá morando num depósito atrás da casa da tua mãe. Por que não pode ficar na casa em que vocês moravam, por enquanto, até se ajeitar? Não dá?

— Eu não gosto de contestar ninguém, Clau, tu sabe. Ela queria o apartamento, e pronto. Ela tem as razões dela.

— Eu não acho isso certo, ô Marcela. Tu é uma santa.

— Nada a ver.

— Não, não, tu é sim. Ou então tu é uma trouxa.

Fiquei muito séria enquanto ouvia. Ela continuou:

— Porque não é possível isso! — Ela estava alterada. — Olha hoje, por exemplo, o Bezerra fez churrasco!

— E o que tem a ver?

— Tu é vegetariana, porra! E o aniversário é teu!

— Mas, gente, o que é que tem? Eu como salada. Nunca tive problema com isso.

— Por que tu não lembrou ele, Marcela? Por que não falou nada pro Bezerra? Nem pro Alexandre? Aliás, por que *eles* não lembraram?

— Sei lá, eles foram generosos em se ocupar de tudo, e vai que todos estivessem com muita vontade de carne. Eu não vou empatar ninguém, entende? Tô de boa, eu realmente não me importo. Até comi antes de vir.

— Marcela, eu vou te dizer uma coisa. Para de ser tão legal. As pessoas estão pisando em cima de ti e tu acha que é ok, que está fazendo uma coisa boa pra elas... Pois tu não está, porque as pessoas precisam se responsabilizar pelos afetos. — A Clau apa-

gou seu cigarro imaginário no chão com tanta força, que até marcou o porcelanato do Alexandre. E voltou a falar. — Às vezes, a gente tem que ensinar, ensinar pros outros que temos valor, sabia? Não é maldade, é o certo. Ninguém vai deixar de gostar de ti por causa disso. Eu não vou. — Suspirou. — Até o teu apelido tu deu praquela cretina! A gente te chamava de Mar e agora tu chama a Marisa de Mar e a gente tem que te chamar de Marcela.
— Ah, para de bobagem, Clau. E ela não é uma cretina. Ela só não tá bem.
— Não é bobagem.
— Só acho que cada um tem um carma e que eu lido bem com o meu. Ponto. — Eu disse isso de um jeito um pouco mais ríspido e a Clau parou de falar. Pegou a minha mão sem me olhar, depois soltou e entrou.
Quando a comilança toda terminou, olhei meu celular pra ver se a Marisa tinha ligado ou mandado mensagem. Olhei rápido e voltei a jogá-lo no bolso do jaquetão que, aliás, a Marisa odiava. Uma vez tivemos uma longa briga por causa dele. Ela dizia que era feio. Eu contra-argumentava que era quentinho e que não deixava passar uma gota de umidade. Eu não vou sair contigo vestida com essa coisa. Mar, é só daqui até o carro, depois eu deixo a jaqueta pendurada numa cadeira ou guardo na chapelaria, sei lá. Eu odeio ficar molhada. Marcela, tu já trabalhou na... dá licença — e ela pegou no bordado que ficava no lado superior direito da jaqueta — ... na Sanitare? Sanitare, caralho, Marcela! Sanitare, porra! Por que tu não pode se arrumar direito, comprar uma jaquetinha bonita? Tu quer ir com essa jaqueta? Da onde tu tirou isso, caralho? Sério, não dá pra acreditar, caralho. Puta que pariu, sair com uma jaqueta que é três vezes o teu tamanho, que tem essa cor de bosta que eu nem sei definir se é azul, marrom, cinza, verde... Deve ser cor de bosta

mesmo, caralho. Sanitare, Marcela? O Diogo me deu. E o Diogo fazia o quê na Sanitare, que mal te pergunto? Ele dava consultoria pra eles, de sistemas, integração. E por que tu não continuou trabalhando com o teu irmão, Marcela? Tu podia estar bem agora. Mas eu tô bem. Eu gosto de fazer o que eu faço; eu odiava trabalhar com administração, sentada direto, olhando pra uma tela. Eu gosto de falar com gente e eu sou boa no que faço. A jaqueta foi só o início. Depois discutimos sobre as minhas escolhas profissionais, sobre a minha pouca ambição, sobre a minha, segundo as palavras dela, extrema-generosidade-que-beirava-a-trouxice, e por aí fomos. Acabou que nem saímos. Acho que foi ali que a depressão da Marisa se afrouxou. Sabe aquele momento em que tu solta as rédeas e o cavalo vai com tudo pra dentro do lodaçal?

Agora estávamos todos sentados na sala do Alexandre, faltava pouco pra meia-noite e nada da Marisa ligar. Me chamaram pra cantar parabéns, com aquelas velinhas de faísca. Bonitas mas perigosas. A Veri estava bebaça, jogada no sofá, tentando acertar as sílabas do parabéns. O resto do pessoal segurava o bolo na minha frente, com expressões que variavam entre a pena e a alegria infantil da expectativa pelos docinhos. A Carlinha fazia stories. Cortei o bolo e, antes de eu começar a servir, a Clau perguntou do que era.

— Chocolate e nozes.

— Nozes? — eu disse, surpresa.

— Puta merda, galera. Não! A Marcela é alérgica a nozes.

— Mas ela comeu a salada, tinha nozes!

— Bezerra, eu não comi. Na verdade, não jantei.

A Carlinha começou a rir muito, dizendo que eu era uma peça rara. Apontou o relógio.

— Ela ligou? Quero saber!

Eu não gostava muito da Carlinha, mas ela era bem amiga do Alexandre e agora namorava a Veri e com frequência estava junto nos nossos programas.

— Marcelaaaaa — ela disse, toda bêbada, rindo muito e debochada —, a Marisa não ligou, tu não comeu nada, teu bolo tem nozes... Ninguém sabe nada de ti aqui nesta casa.

— Cala a boca, Carla! — o Alexandre disse. — Eu tô cansado, pessoal. Já deu a hora, todo mundo vazando do apartamento já! Dá beijinho aqui, pega ali as bolsinha e vão indo, que a gente se fala outra hora. Muah muah muah, obrigada por lavarem a louça, seus folgados.

Fui indo para a porta.

— Tu não, Marcela, tu fica.

O Alexandre enxotou todo mundo, acendeu um cigarro e começou a passar pano na mesa, no balcão, nas superfícies menos óbvias.

— Eu gosto tanto de beber, mas odeio gente bêbada. Pega o rodo pra mim ali na área, amore. Que aflição, parecem umas lesmas que deixam uma energia de gosma no ambiente. Eu acho que a Carla tava cheirando no banheiro. Não falei nada hoje, mas eu detesto! Vou ter que dar uma dura nela. Tenho pavor! Deixa a energia bagunçada, tu não sente? — Estalou os dedos, bateu palmas.

— Eu não sinto. Tu sente porque é meio bruxo, Alê. — Entreguei o rodo.

— Marcela, Marcela, ah se eu fosse bruxo, ah se eu fosse bruxo!

— O quê?

— Eu fazia um feitiço, rogava uma praga pra Marisa se tocar, pra ela cagar *e* desocupar a tua moita, pra ela ficar bem longe de ti, porque, pelo amor dos deuses e das deusas, ela não te merece, essa criatura egoísta, horrorosa. Me passa aquele incenso ali. Eu tenho pavor dessa mulher, pavor, Marcela! Olha o que ela faz contigo.

Eu não disse nada.

O Alexandre me fez sentar e começou a preparar um caldo de moranga pra mim.

— Não precisa.

— É rapidinho, tá cozida já. Eu não vou deixar a aniversariante sair sem comer.

Eu nem tava com fome, mas comi porque achei querido da parte dele. Ficamos conversando, o Alexandre e eu, até amanhecer, até o sol surgir por trás da colina e mostrar que não tinha só mato ali naquela paisagem. De dia, dava para ver uma fábrica, uma empresa de qualquer coisa, um quadrado de latão no meio do mato.

— Estraga tudo aquilo ali.

— Estraga mesmo — Alê afirmou, tomando uma xícara de café solúvel.

— Eu já vou.

— Espera aí.

Me entregou um pacote.

— Feliz aniversário.

Era um chinelo. Bonito. Verde e branco. Peguei minha jaqueta e enfrentei a garoa fininha que quebrava o amanhecer. Sequinha, pensei. Olhei o celular: uma chamada não atendida. Abri na pressa, querendo contar às pessoas que a Marisa tinha ligado, sim, que ela tinha se lembrado, mas não era ela, claro que não era. Era a Clau. Deixou mensagem de áudio. Não ouvi. Coloquei o celular no bolso e fui caminhando para casa.

Meu pé dançou um pouco no limo. Quase caí. Antes de eu sair, o Alexandre tinha me dito que, se eu voltasse a falar com, nas palavras dele, aquela-vagabunda-que-não-te-merece, eu tinha mesmo é que tomar bem direitinho no meio do cu.

Cheguei em casa e minha mãe estava na mesa da cozinha me esperando com a pior cara do mundo. Perguntou onde eu tinha passado a noite e disse que, mesmo que eu tivesse meus quarenta e tantos anos, enquanto eu morasse com ela eu tinha que avisar se fosse passar a noite fora de casa.

— Tem razão, mãe, pisei na bola. Não vi a hora passar.
— Espero que tu não tenha ficado a noite toda trepando com um marmanjo.
— Bah, que boca suja! Não, mãe, com certeza eu não passei a noite trepando com um homem.
— Com uma mulher?
— Bem que eu queria, mas também não.

Ela balançou a cabeça com ar de desagrado e torceu a boca pra um lado.

— A senhora pediu.

Minha mãe foi saindo da cozinha, mas então voltou.

— Marcela?
— O que é, mãe?
— Eu comprei umas meias pra ti de aniversário. Tão em cima da tua cama.
— Obrigada.

Dei um beijo nela e fui me deitar.

— Marcela?
— O que foi, mãe?
— Vai brincar um pouco com o Pastel. Ele tá amuado lá na garagem.

Levantei.
— Vou.
— Chegou um troço pra ti ontem, um pouco depois que tu saiu. Deixei na mesa da sala.
— Tá, depois eu olho.

Devia ser alguma coisa da Marisa, mas naquela hora eu não queria saber de nada. Quando eu me aproximava da garagem, Pastel me viu, veio na minha direção e encostou a cabeçona na minha barriga. Eu tinha ligado o radinho e estava tocando "Andança". Desliguei.

— Eu sei, Pastel. Eu também sinto falta dela, eu acho. Mas também acho que ela não volta mais, cara. Tu vai ter que ficar comigo e a gente vai ter que dar um jeito na nossa vida. — Passei a mão nele. Ele bufou e sentou. — Vem, vamos lá fora.

É claro que eu liguei para a Marisa. Fiz isso enquanto jogava uma bola de basquete murcha para o cachorro, que ia lentamente até ela e me trazia, ensopada de baba. Ela atendeu sonolenta. Perguntei o que tinha acontecido para ela não ter me ligado. Ela disse que teve uma crise de enxaqueca. Fiquei esperando que ela me desejasse um feliz aniversário, me desejasse qualquer coisa. Nada.

— Ontem foi meu aniversário.

Ela disse "Ai, esqueci". Simplesmente. Pediu desculpas e mudou de assunto. Contou que fazia dias que não abria nem as janelas de casa, que não tinha conseguido ir trabalhar. Perguntei se havia alguém para ajudar ela, se ela queria que eu fosse pra lá. Respondeu que não e não quis que eu fosse. Respirei fundo e perguntei se ela queria terminar. Ela disse que não, que não aguentaria mais esse baque. Fiquei um tempo sem falar nada. Suspirei. Ouvi ela suspirar. Perguntei se ela tinha outra pessoa.

Ela começou a ganir baixinho, depois a soluçar e, por trás dos soluços, disse que sim, mas que não era o que eu estava pensando. Eu disse que ia desligar. Ela pediu para eu não desligar, pediu para eu ir lá, que não era nada o que tinha acontecido. Que me amava. Doeu. Eu sabia que tinha alguma coisa lá do outro lado, mas àquela altura eu já duvidava da margem, cansada dessa aposta. Eu disse que agora não queria saber de nada,

que se ela tivesse me falado antes, quem sabe. Avisei que ia desligar e desliguei. Ela ficou me telefonando, mas não atendi. Depois deixou um áudio enorme. Olhei as notificações na tela do celular e vi que a mensagem de voz da Clau ainda estava lá. Eu sabia que a Clau estava a fim de mim, o Bezerra tinha me contado. Mas eu não podia corresponder. Não naquele momento. Criei coragem e dei play no áudio da Marisa. Não dava para ouvir nada. Só chiado, dois longos minutos de chiado. Fui até a sala, minha mãe estava lá, vi flores e um pacote em cima da mesa.
— Mãe?
— Que é?
— O troço que tu comentou que chegou ontem pra mim eram essas flores?
— É, tá aí na sala.
Olhei o cartão. Clau. Que insistente. Peguei o celular e abri a mensagem dela. *Oi, Marcela. Olha, vamos tomar um café essa semana? Tem um filme que eu quero assistir, podemos ir no cinema. Comer alguma coisa, tu escolhe. Eu convido. É o meu presente. Lembrei que uma vez tu disse que gostava de astromélias. Tá, é isso, me liga e a gente combina.*

Deixei o celular em cima da mesa junto com as flores e fui ao banheiro. Quando voltei, Pastel estava em cima do sofá, mastigando o celular e as flores.
— Pastel! Sai já daí!
Ele desceu do sofá com cara de quem sabia que tinha feito coisa errada. Saiu de fininho pela porta e foi se instalar na grama do pátio. Eu suspirei um ai que na verdade era um puta-que--pariu-que-inferno. Fechei os olhos por um momento, recolhi os frangalhos de tudo, joguei no lixo e fui deitar.

Demorei para comprar um celular novo. Demorei tanto que o Alexandre foi bater lá na casa da mãe.
— Eu vim ver se tu tava viva ou morta, né, Marcela. Que papelão.

— Eu ia comprar um celular hoje, mas não deu.
— Mas podia ter avisado! Tu trabalha com ele, Marcela, como tu tá entrando em contato com os clientes?
— Eu me dei uma folga.
Pastel apareceu na varandinha atrás de mim.
— Meu Deus, eu não lembrava que era tão imenso esse cachorro.
Ele rosnou.
— Não rosna pra mim não, querido, que eu sou do bem.
— Ele não entende.
— O que tá rolando, Marcela?
— Nada. Eu não sei. A Marisa me esgota, mas eu não consigo me desvincular.
— Tem um mamute dormindo na tua casa pra te lembrar todos os dias dela. Como é que tu vai se desvincular, né?
— É, eu sei, eu sei. Mas o que vou fazer com o cachorro? Não posso abandonar um bicho desse.
— Oi, Alê, tudo bem, querido?
— Tudo bem, dona Adília. E com a senhora?
— Tudo bem, sim. Vem, Pastel.
— A mãe tá se dando bem com ele.
Pastel seguiu minha mãe até sala e os dois ficaram vendo televisão.
— Marcela, quer ir pra Argentina e pro Uruguai com a gente?
— A gente quem?
— A Clau e eu.
— Pra Cabo Polônio?
— Não, não. Só nós mesmo, sem a Carlinha, sem a Veri, sem ninguém. Vamos pra Buenos Aires e talvez pra Colônia del Sacramento. Vamos? Vai ser divertido. Uma semaninha. Se tu tiver sem grana a gente dá um jeito. Vai, vamos, pra gente espairecer.

Eu já ia te falar sobre isso no dia da tua festa, mas no fim foi aquela tensão, ave maria.
— Tá bom. Quando?
— Amanhã.
— Amanhã? Tá louco? Não posso sair assim, Alê, deixar a mãe sozinha. E passagem e coisa?
— Pode ir, Marcela — minha mãe gritou da sala.
— Vocês tramaram isso juntos?
— Capaz, Marcela, mas tu acha que eu sou uma velha burra? Que eu não vejo que tu tá deprimida por causa daquela guria? Que tá aqui presa por minha causa? Mas lembra que eu vivi sozinha, cuidando do teu pai, antes de tu chegar aqui. Eu posso ficar uma semana com o Pastel. Né, Pastel? — Ele latiu. Parecia sorrir. — Se me convidassem pra viajar, eu nunca que ia ficar me cuziando.
— Vai arrumar a mala, Marcela. Amanhã a gente passa aqui cedinho.

Eles tinham tramado tudo juntos. Passagem comprada, tudo organizado. Deixamos o carro no aeroporto e embarcamos. Voo tranquilo, curto. Assim que chegamos a Buenos Aires, fomos tomar um café.

Os primeiros dias se passaram relativamente tranquilos. Passeávamos e comíamos bastante, eram cafés, doces, empanadas, carnes, sorvetes, e tive destreza para me desviar das investidas românticas da Clau. Depois começaram a ficar um pouco excessivas, ainda mais à noite, depois de umas taças de vinho. E o Alê, em vez de me ajudar, incentivava a Clau e me criticava, dizendo que eu estava me fazendo de difícil. Tudo ia bem, até que...

— Só mais uma garrafa, gente!
— Mas amanhã pegamos o Buquebus cedo pra Colônia, vamos descansar.
— Ai, Marcela, vamos tomar mais umazinha, vai?

— Tomem vocês, eu vou pro hotel.

Acabamos voltando todos para o hotel e precisei me desvencilhar com delicadeza da Clau, que queria muito dormir no meu quarto. Quando fiquei sozinha, me sentei na cama e suspirei pesado. Tinha vontade de chorar. Eu era uma boa pessoa, realmente uma boa pessoa, por que aquelas coisas estavam acontecendo comigo? A morte do pai, a Marisa me deixando, a Clau me querendo, o Pastel precisando de mim. Eu não sabia bem o que fazer, precisava de um tempo pra mim, isso, sim, tinha ficado claro. Não queria entrar em outro relacionamento, não sentia vontade, eu não tinha desejo nem libido pra nada naquele momento. Eu precisava me curar, mas bem nessa hora eu estava viajando num outro país, com amigues festeires que só queriam galhofa.

No dia seguinte, estávamos os três na balsa, de ressaca e óculos escuros, mascando chiclete de menta. A *medialuna*, o *bocadito sin gluten* e o café que tomei ondulavam como o Plata no meu estômago.

— Não dá pra acreditar que isso é um rio, né? Parece mar. Se me dissessem que era mar, eu acreditaria — Clau falou, mansa.

— Ai, gurias, eu vou sentar ali dentro bem quietinho. E acho que vou tomar uma coca-cola, meu estômago tá revirado. Era uma vez um grupo de jovens amigos...

Respirei fundo e ergui a sobrancelha.

— E eu vou lá pra trás, dizem que balança menos.

— Vou contigo.

Na noite anterior, a Clau tinha sido bem atrevida, na minha opinião. Claro que ela tinha o direito de continuar tentando, mas da próxima vez meu não teria que ser mais enfático.

— É tão bonito aqui, *me encanta*, não acha?

— Ahã — respondi, seca e séria.

— Que te passa?

— Nada não, só estou de ressaca, Clau.
Seguimos por um bom tempo em silêncio, o vento estava agradável.
— Marcela, eu queria te dizer uma coisa, não sei se tu... — Ela parou, tirou os óculos escuros e olhou bem dentro dos meus olhos.
— Eu queria te dizer que...
— Clau, eu... espera só um pouco, eu tô muito enjoada, preciso fazer uma coisa.
Não sei o que me deu. Subi na borda da balsa e me joguei no Plata.
— Marcela! Marcela! Meu Deus. Socorro! *Ayúdame! Mi amiga se tiró al mar! Ayuda!* Marcela!
— Quê?
— *Mi amiga. Se tiró al mar. Al río. Allí! Se tiró!*
Algazarra. As vozes se erguiam e sumiam abafadas pela pressão da água e pelo barulho do motor. Eu ouvia a Clau, enquanto um pouco afundava, um pouco tentava me manter na superfície. Fechei os olhos, subi, respirei o mais fundo que pude e me deixei ficar naquela pressão doce, naquela água agitada, e de repente a plata turva. Tudo ficou silencioso. Minha cabeça parou. Imagens se desfaziam, se desfragmentavam, enquanto nada mais pesava. Silêncio. Leveza. Eu envolta num manto, numa malha, enredada nas vestes do que deveria ser a morte. Talvez. Não sentia mais dor nem angústia nem nada, e foi só ali que me dei conta do quanto estava sofrendo: quando tudo parou de doer, quando tudo parou de existir. Então senti algo duro bater na minha cabeça, abri os olhos, a boca soltou as bolhas todas de medo e ansiedade para longe e vi um círculo alaranjado e meio enrugado bem na minha frente. O sol dentro. Luz. Me lembrou um baita cu. Fiquei apavorada. Agarrei o objeto alienígena, fui puxada para a superfície. Um homem falava comigo, mexia a cabeça, estalava os dedos na minha frente. Um bote abrigava uma mu-

lher, que me cobriu com um cobertor prateado. Continuavam falando comigo, mas eu não conseguia ouvir, não conseguia compreender. Virei para o lado e vomitei, vomitei até meu peito doer, até meu coração disparar. Vomitei e arrotei água e pedaços de *medialuna* e *bocaditos sin gluten* e café e vomitei a Marisa e a Clau e minha mãe e Pastel, a festa, o Ale, vomitei tudo.

— Eu sou uma boa pessoa.
— *Sí, sí, eres una buena persona, sí, sin duda, ¿cómo te llamas?*
— Marcela.
— *¿Sabes qué día es hoy?*
— O quê?

O que importava o dia? Quando o bote se aproximou da escada da balsa, havia muita gente ali e mandaram todo mundo circular. Ficaram para me receber apenas o Alê e a Clau. A Clau tinha os olhos tão abertos, que pensei que eles nunca mais voltariam ao normal, pensei que ela havia colocado alguma coisa nos olhos para que tivessem ficado daquele jeito.

— Desculpa — eu disse.

Os dois não disseram nada. Ficavam se olhando e se cutucando.

Ao chegarmos em Colônia, precisei ir falar com a polícia e ver um médico. Eu disse que tinha ido vomitar na beira da balsa, senti uma vertigem e caí. Eles fingiram acreditar, porque não queriam estragar o fim de semana deles e muito menos atrasar seu trabalho com algo estúpido como uma tentativa de suicídio malsucedida. Se bem que todas as tentativas de suicídio são malsucedidas, inclusive as que dão certo.

Saí do posto de atendimento seca e vestida com um conjunto de moletom cinza. O Alê e a Clau me esperavam do lado de fora.

— O que aconteceu, Marcela? Por que não nos... — O Alê parou de falar e me abraçou. — Eu sinto muito. Não imaginei que tu estava se sentindo...

— Tudo bem. Eu é que... — Fiquei um tempo calada, olhando o movimento na rua. — Vocês acham que a água aqui é própria para banho?

A Clau não conseguia me olhar. Peguei sua mão e ela caiu no choro. Tentei remediar.

— Não teve nada a ver contigo, Clau. Tu é maravilhosa. Tu é... Eu gosto de ti também, só não consigo ainda... eu tô num lugar muito ruim agora.

— Eu entendo. — Ela tremia um pouco. — Desculpa não ter prestado atenção.

— Mas tu prestou. Acho que tu é a pessoa que mais presta atenção em mim.

Andamos um pouco e fomos nos sentar num murinho branco na beira do rio enquanto o Alê ia comprar refrigerantes para nós. Ele voltou com um para cada e ficamos balançando os pés acima do rio.

— Eu tô tão desorientada... Eu sinto que não existe uma direção certa pra mim, que não tem pra onde eu ir. Eu queria...

Engasguei. A Clau começou a preencher o espaço do meu engasgo.

— Tudo bem, não tem problema estar desorientada. Às vezes na vida a gente...

— Não tem mesmo, mas cansa — interrompi.

Eu queria continuar um pouco engasgada. Ficamos por ali mais uns minutos.

— Não vai se jogar aqui, hein, Marcela — o Alê disse, me olhando. — Cedo demais pra fazer piada?

Eu ri.

— Não. Realmente eu... Não, desculpa, gente.

A Clau me abraçou. Não senti nenhuma energia sexual emanando dela. Me deixei cair naquele abraço, fechei os olhos. Quando abri novamente, o pôr do sol parecia algo de outro planeta. O rio de La Plata era um tapete de ondulações leves, salpicado de luzes, refletindo em sua chapa metálica o laranja, o roxo, o rosa do céu.

— Eu te amo, tá? — eu disse.
— Eu também te amo.
— Eu só preciso de um colo de amiga agora. Depois é depois. Com o tempo e...

A Clau me abraçou forte. O Alê chegou por trás da gente com seus brações gigantes e nos agarrou em outro abraço. Depois se afastou chorrindo e fez um rá ranhento, puxando pelo nariz, secando o rosto.

— Meu Deus! Que emotivos nós somos, credo! — Ele estalou os dedos, fungou alto e saiu andando mais um pouco.

— Eu tô aqui pra qualquer coisa agora e depois vou estar pra qualquer coisa também, Marcela.

Senti um alívio imenso quando a Clau disse isso.

— A gente pode ir caminhando assim, sei lá, pela vida. Sei que existem outros jeitos da gente se relacionar, eu sei. Mas não quero falar disso agora.

— Tá bom. — Fiquei uns instantes calada. — Sabe, Clau, eu queria que a Marisa ficasse bem. Não tem nada ver com a gente juntas, digo eu e tu; tem a ver com... com saber que ela está sofrendo e eu não poder fazer nada. Absolutamente nada. Não conseguir alcançar. — Eu me virei para ela. — Entende?

— Marcela, acredita em mim, eu te entendo. Ah, se entendo.

Respirei sem a água toda do Plata no meu peito, nada de fronteiras, com o estômago leve, nada de enganos. Apenas com a certeza da travessia, da terra firme. Tentei analisar o que tinha me levado àquele estado de ebulição, de esfalfamento mental, mas minha cabeça latejou um pouco e desisti. Para quê? Tenho o nome de um chá que cura tudo. Respirei de novo todas aquelas cores do sol, do céu. Fechei os olhos por um instante. Depois abri e vi nuvens chumbo flutuando no horizonte, delicadas e imponentes. Uma força. Se elas podiam estar suspensas daquele modo bruto, então eu também podia. E me senti bem. Não exatamente pronta, mas querendo seguir em frente.

Condições ideais de navegação para iniciantes

Meu primeiro contato com o mar foi aos cinco anos, vivi por muito tempo no interior, num lugar que há mais inverno do que verão, e isso quer dizer alguma coisa, porque isso faz alguma coisa na gente, elabora nossa temperatura, nosso desejo e repulsa no mundo. Mesmo que não o determine, coze alguma quentura própria. Essa incandescência tímida a mim não apenas fala das direções, mas das densidades nas quais me embrenho. Mantenho uma relação de distância e respeito com essas águas, mas nunca estou tranquila. A inquietude faz parte de quem me torno e para onde retorno sempre.

Naquela ocasião, vim falando a viagem inteira — e uso "vim" para que nos aproximemos desse olho —, conversando com estranhos no ônibus, eu era uma criança bem falante, conversadora mesmo. Me lembro de dizer que, quando eu chegasse no mar eu me atiraria na água e sairia nadando muito, eu falava, andando para cima e para baixo no corredor do ônibus, ignorando os perigos nas curvas daquela serra, o sacolejo. Era um tempo em que ninguém usava cinto de segurança, mesmo que já existissem. Era um tempo de janelas que se abriam para que puséssemos a cabeça para fora na estrada, para que víssemos as folhas da mata atlântica passarem rápidas por nossos olhos, para que seus cheiros nos invadissem as narinas e para que alguma chuva de vez em quando nos salpicasse o rosto.

Era um tempo em que a jornada era um desafio físico. Meu estômago sensível se revirava nas curvas, indo na direção oposta, subindo e descendo no asfalto, me deixando quem sabe mais propensa aos sabores inusitados que eu viria a provar. Um senhor bem velho de cara vermelha e enrugada me alertou sobre as profundezas do mar, mas eu não tinha uma ideia tangível daquela palavra, ainda mais no plural. Ele apontou para a janela e disse que o mar era mais fundo do que aquela paisagem. Fiquei na ponta dos pés para olhar pela janela.

O nome era Serra do Pinto, e prestei atenção para ver se eu enxergava alguma galinha, galo, pintinhos. Nada. A queda era um abismo, mas eu tinha certeza que cair na água era muito diferente. Ali, precisaria ser pássaro, super-heroína, ali eu não podia imaginar meu corpo entregue, não era uma cena justa. Me recolhi. Uma mulher me perguntou até onde eu iria nadar. Fiquei quieta um tempo. Até do outro lado, pensei, mas não respondi. Não se vê a margem, ela me disse, não é como um rio. Imaginei a distância, imaginei a força e a coordenação que meus braços precisariam ter. Não quis fazer nenhuma aposta que eu não pudesse cumprir, não quis criar imagens que eu não pudesse abraçar, não naquela hora. Apenas fiz a minha cara mais marota antes de sair correndo até o assento onde estava ou a minha mãe, ou a minha avó, ou a minha tia. Viajavam em bancos separados. Eu não tinha assento comprado e revezava os colos entre uma corrida e outra pelo ônibus, até alguém me sorrir uma conversa à toa.

A gente não veraneava como as outras pessoas que passavam o verão inteiro em casas de praia ou em casas que alugavam na temporada. A dona do mercadinho, a sra. Bina, era uma dessas pessoas. Ela e os filhos viajavam um pouco antes do Natal para veranear — fazendo com que tivéssemos que frequentar outras vendinhas e mercadinhos não tão bons, nos quais não tínhamos conta fiada no caderninho nem ganhávamos provinhas de frutas — e só voltavam em março, dourados e alegres. A gente viajava pouco. E quando acontecia de irmos para o litoral voltávamos com a pele ardida de sol. Aquela era mesmo uma ocasião. Aniversário da vó. Ela quis passar na praia. Fomos.

Quando chegamos, horas depois, minha avó sacudiu a dor nas costas estalando os ossos por baixo da carne e perguntou se eu não estava cansada. Eu disse que não, queria ir na praia. Sempre quero ir na praia. Não *à* praia. *Na* praia. Desde pequena. Parece mais correto, mais inteiro, mais imersivo, ir nela. Eu não era a única a querer isso. E fomos.

Nesse meu primeiro dia na praia, achei a areia estranha, fininha demais, quente demais, dura demais, o cheiro de tudo forte demais. Fui caminhando como um gato que não quer nada preso às patas. Ao chegar na beira do mar, me encontrei com uma vastidão de água turva, verde-musgo, marrom, que caracoleava e vinha infinita na minha direção e que, ao se erguer, fervia uma nata esbranquiçada que depois se transformava em pequenas bolhas no chão. Parecia um copo gigante de achocolatado barato, desses que formam uma espuma sinistra por cima, desses cujo pó não derrete bem não importa o quanto você mexa com uma colherinha furiosa. Parecia leite fervido vertendo da leiteira para grudar por todo o sempre na chapa do fogão, e depois nata por cima de tudo.

— na casa da vó, eu podia tomar café, ela sabia que eu detestava leite. Em casa, eu tomava outras bebidas. De vez em quando a mãe tentava me dar leite, é bom pros teus ossos, tu vive quebrada, dizia, passando a mão na minha cabeça. O achocolatado era um pó fininho que se juntava para formar ilhas encapsuladas por uma película daquele líquido que me fazia ter dor de barriga e querer vomitar. Eu pedia mais chocolate, tá bom assim, isto aqui é caro, não dá pra ficar esbanjando. Eu tomava meio contrariada, mas tomava, afinal era bom para os meus ossos, a mãe tinha que ter razão, mãe tem sempre razão, dizem —

Meus olhos só não se perderam porque o céu quebrava uma linha azul muito nítida de horizonte, uma linha tão firme que parecia ter sido recortada. Ali, diante do assombro, pensei de uma vez só em todas as perguntas que faria em toda a minha vida, e foi como se aquele som tivesse me respondido sobre absolutamente tudo e somente ele pudesse arrebentar todos os meus ossos num instante. E desse destino nada me salvaria. Nem toda a arte nem toda a literatura com que me depararia, nem os deslocamentos, as conjurações. Nada.

E depois, muito depois, naquele mesmo segundo, no recolhimento da água, a noção de horizonte que tanto me chega agora. A ideia de ter braços para dar conta de todo o caminho até onde conseguimos enxergar o mundo, e a ideia dessa aposta, do que está além e vai se construindo na medida da aproximação com nossas expectativas. A ideia estúpida de uma aposta sustentada pelo olhar, por uma presença inexplicável. A ideia estúpida de uma aposta sustentada no desejo de se lançar em movimento. A ideia estúpida e tão bonita de achar que há futuros.

Desassossego.

Naquelas circunstâncias, na praia, quando a água regelada do mar tocou meus pés e, ao se retirar, deixou um resto de espuma meio esbranquiçada, meio esverdeada entre meus dedos. Uns restos de alga e vontades alheias. Corri. Fugi. Não sei do quê. Eu era uma criança assustada também. Procurei minha mãe ou minha avó ou minha tia. Pedi colo. Recusei o olhar. Escondi a cara no corpo de uma delas, nas dobras dos braços, do pescoço, não sei. Tapei os ouvidos. A praia riu. Não tinha problema, não tem problema rir. Não me torna frágil ser atingida por esse riso, havia coisas mais intensas. Eu só não queria ver a água turva, sinistra. Rumor imenso, movediço. Por que não era azulzinha como nos filmes? Como o mar na televisão? Verdinho-transparente. Por que não era quente? Por que não era água quieta? Por que tão bruta? Recusei olhar. Não podia. Era muita. Era tanta. Não cabia. Nunca coube. E agora se espaçava dentro de mim. Mexia coisas que eu nem sabia me pertencer.

Ali plantei ansiedades.

Ali plantei um medo constante de tudo o que é grande e nebuloso. E de tudo que é claro demais. Desconfianças.

Plantei um coração acanhado. O meu coração.

Ali plantei o que não era para ser, o que pedia raiz, o que não tinha cabimento.

Ninguém me salva. Ninguém me salvará. Não preciso de salvação.

Demorou para eu entender que não precisava caber no olho, que podia ser tanta e muita e estar ali como possibilidade, como contingência, como encontro. Que podia haver ali, ainda que imprevisibilidade, ainda que segredo, ainda que recusa sem nitidez.

Mas naquela ocasião eu só queria ter meus pés secos e limpos.

Depois foi uma voz cordial a me explicar sobre o tempo da partida, a urgência do deslocamento, sua interdição. Não sei bem como acabei neste barco. Arrais amadora se chama também prática, timoneira. Não acabei bem neste barco, como sei? Timoneira, arrais, se também amadora prática, chama?

— é como se num sonho alguém me dissesse que se paga a pena de ser inocente só depois de ser enganada; é como se num sonho alguém gritasse *amor, coragem, amor!*, é como se pudesse escolher mar, mas não escolho, é como se esbanjasse água e toque, como se o corpo, o teu corpo, o meu corpo, é como se nos perdêssemos, como se ao olhar o rosto velho daquela mulher que poderia ser minha vó, minha mãe ou minha tia eu descobrisse no sonho que sou eu a prover os mesmos enganos ou que é tu mesma a oferecer a dobra do pescoço para que eu possa me afundar ali, num abraço mole e contido — recusa sem nitidez.

— na ilha das ilações, nossa ilha, minha e tua, nos encontramos fora do tempo. Tu passa um café e me oferece, tu escreve uma resposta para uma pergunta boba e não me deixa ler, diz que aquelas palavras não são para mim, nada do que está ali é para mim, porque ali eu não existo. Escreve para ti. Na ilha das ilações, nossa ilha, minha e tua, encapsulada, nos desencontramos no tempo. Eu passo e tu me oferece, escrevo uma resposta para a tua pergunta séria e peço que tu ouça, mas tu não ouve, diz que aquelas palavras não são para ti, nada do que está ali é, porque ali não existimos. Na ilha das ilações, nossa ilha, minha e tua. Tateio areia e pedras e descubro a tampa do alçapão, abro, ali há um poço. Me sinto curiosa. A imagem do futuro vem desse espelho, é de fato um encontro, presumo, na ilha das ilações se pode sonhar além. Na ilha das ilações, uma cadeira, as algas marinhas que lembram uma samambaia, essa luz que vem não se sabe de onde, tudo está lá, mas não posso me sentar, não há água doce para regar uma planta, e a luz se apaga assim que meus olhos se fecham. Essa ilha, instável, abaladiça, mas convidativa, nela eu quis estar, disposta. Na ilha das ilações, meu espelho falha, chamo tu que conheço desde sempre, chamo tu que arremeda a minha imagem, chamo tu que confere corpo ao meu nome, confere polpa ao meu amor, chamo tu que me reflete, e nos movimentos incertos, simulados de um enredo, me sinto peixe também. Essa cadeira é uma montanha e não tem sua forma usual, está de frente para um paredão, abro a pedra com as mãos. A pedra é teu peito, reflexo. Abro e me aninho dentro de mim mesma. Quando acordo estou nesta praia. Parece o Caribe colombiano. Azulzinha, água translúcida. O desejo realizado. Levanto e caminho pela areia quente. A praia tem mais gente que caminha por todas as direções. Seguro pedras ou conchas, uma em cada mão e cada uma delas significa um desejo a ser lançado. Deixo que a sorte se encarregue das pedras ou conchas, não sei, no que ela rapidamente toma as duas e arremessa para dentro do mar. E depois as outras das outras pessoas, e assim até que terminem. Continuo andando até encontrar uma faixa estreita de areia que adentra o mar. Sigo por ela até quase o final. Lá existe um escafandro:

— estou imersa, vasculho o naufrágio, tudo aquilo que não é visto sem o desejo do mergulho, tudo aquilo que não pode ser tocado sem um empenho ou interesse, busco aquele tesouro, sobre a tua língua uma pérola, que recolho com tua permissão, minha relíquia mil vezes reinventada. A água é tão clara que posso ver a areia no fundo, a idade do mundo. Ali estão as pedras, as conchas e os desejos em outro estado. Entro mais fundo, numa fenda do mar, me sento nas entranhas da água, abro conchas, pedras e a própria sorte uma a uma, as minhas se perderam entre tantas, abro as mãos, abro um baú, um mapa, carta marítima, as mãos novamente, uma bolsa de ar, e começo a rabiscar algumas palavras. Nem eu nem as sereias podemos ver quais são. Nenhum habitante marítimo. Nem eu nem tu nem reflexo qualquer. Encho uma página, depois pego esse papiro e saio da água. Ando um pouco mais pela faixa de areia e depois lanço o papiro para longe, pedindo que as vontades inscritas ali encontrem realização. Essa fome vai me acompanhar. Vai dar na beira da praia na ilha das ilações, nossa ilha, minha e tua. O traje pesa, nado até cansar, um pouco é água, um pouco é nada, um pouco nado no que parece ser o cosmos, um pouco nado dentro de mim. Até que paro. É preciso voltar à superfície. Removo o capacete metálico e desajeitado. Da areia, um aceno, nome arremessado ao vento. Já é noite. Entro num barco e saio pelos canais. A lua está cheia e a água reluz. Há um homem num barco que já se despede e mergulha. A água ao redor dele fica toda luminescente. São plânctons. Lembro como se soubesse. Há narrativas de outra ordem. Me despeço e mergulho, ao mergulhar tomo uma forma geométrica e dentada, amarela, como uma letra E com os dentes cada um de um tamanho. Me acendo com os plânctons. Começo a me sentir mais e mais brilhante, até que explodo em vontades. Que ficam para sempre reminiscentes na ilha das ilações, a nossa ilha, minha e tua. Volto —

Agora espio da gaiuta. Ao contrário do barco, tenho a boca miúda, por contenção. Imagino o que há para ser imaginado para lá do horizonte. No meio do caminho. Não estou mais na praia. É possível voltar? Não acredito em volta, acredito que haja outros enredos — não tenho areia ou espuma entre os dedos nem nas solas nem nos cantos das unhas. Meus pés estão secos e ressecados, não são os mesmos, têm algum chão, ainda que não estejam firmes. Têm calos e unhas feias. Não deixei de ter medo do mar, mesmo quando a água é quente, cristalina, talvez porque eu saiba, ainda que não lembre, das coisas que plantei, das respostas que me foram lançadas todas, das palavras que escrevi. Entro. Mergulho. Recuo. A depender das condições. Sei que sou iniciante, guardo em mim esse repertório minguado de sentimentos. Imagino o que há para ser imaginado. Faço o jogo. Recolho

tesouros. Falho. Tenho braços. Tenho força. Tenho até uma sorte. E nesse exercício de desejar travessias percebo que há mesmo coisas extraordinariamente amorosas e desobedientes
    porque é preciso reconhecer talvez a própria inaptidão, o fato de ser iniciante em algo, de tatear instrumentos desconhecidos
    porque é preciso reconhecer talvez a própria ignorância, o fato de ser iniciante em algo, de desconhecer as coisas que nem são táteis
    porque é preciso reconhecer talvez a falta de condições ideais
    porque é preciso acarinhar também o erro
    porque é preciso dar espaço ao que se move dentro
    (e é preciso dar espaço ao não)
    porque é preciso desconhecer a carta marítima
    (e é preciso escutar o tempo)
    porque é preciso desconhecer a palavra profundeza para voltar a um desejo simples de apenas querer e não projetar
    ou o medo
    (o esfacelamento das vontades)
    ou o horizonte
    (a quebra das expectativas)

Eu não sei o que é o *this* do que os *sweet dreams* são feitos

— Giorgia. Giorgia.
— O quê? Tô dormindo.
— Tu sabe do que são feitos os *sweet dreams*?
— O quê, Teo?
Comecei a cantar:
— *Sweet dreams are made of this* — dei mais ênfase no *this* — *who am I to disagree, travel na nan na and the seven seas, everybody is looking for something.*
Giorgia se ergueu como uma múmia descabelada e ficou me olhando, sentada na cama.
— Tá brincando, né? Vai cagar! Me acordou pra isso? Eu não falo inglês nem quando tô acordada.
E se atirou outra vez no travesseiro, como se retornasse ao sarcófago.
— Tá, mas é — e cantei de novo — sonhos doces são feitos *disso* — cutuquei o ombro dela — quem sou eu pra discordar, eu viajo pelo mundo e — fiz ondinhas com as mãos — pelos sete mares, todo mundo procura por algo — botei a mão na altura

dos olhos, como se fizesse sombra para enxergar alguma coisa.
— E depois a música segue, mas o *isso* é sempre incógnito. Ou eu tô enganade? Eu sou meio confuse em interpretação de texto. Mas está implícito, não é? Giorgia?
— Teo — ela se endireitou na cama e colocou as mãos nos meus ombros — hiperfoco agora? Eu tenho que acordar cedo e pegar a estrada amanhã. E tu falando de sonhos doces? É tortura? Quando foi que tu começou a curtir sadismo? Quer que eu responda mesmo essa bobagem?
— Não, deixa. Eu vou pensar sozinhe.
— Dá um beijinho aqui e vamos dormir, vai. Por favor. — Ela se virou, fingindo mau humor, e começou a roncar de imediato.

Espremi os olhos e tentei voltar para o sonho.

Antes de acordar, eu estava andando pelos corredores da minha antiga escola. Tudo parecia diferente, como se fosse a faculdade ou um convento onde nunca pus os pés. Eu não conhecia aquelas pessoas, não eram meus colegas, alguns usavam uniforme, outros estavam de hábito ou nus. Eu tinha a idade que tenho agora e tentava achar a minha sala de aula. Tudo parecia meio frouxo, literalmente, portas, janelas, armários, o quadril das pessoas, seus sorrisos. Um lustre imenso dependurado numa rede no teto, porcas e papagaias latejando nas paredes, as lajotas sem reboco, as paredes sem rejunte, tudo dançava levemente, um pra lá, um pra cá, como num filtro de aplicativo. Parei na frente de um armário com portas de vidro, acho que era o laboratório de ciências, porque havia aqueles vidros com cobras, pedaços de coisas se desmanchando, líquidos coloridos, e um pássaro inteiro num jarro parecia me observar, até que vi dentro de um vidro minha própria cabeça, o rosto sem expressão, boiando num gel meio opaco. Não fiquei impressionade. Nos encaramos por um instante. Sorrimos. Desisti da sala e saí. Pensei em ir até o pátio, o caminho era por uma ponte pênsil feita de tábuas e cordas molhadas, era uma dessas manhãs com névoa, o orvalho tocava todas as coisas existentes, deixando gotículas melequentas e luminescentes em cima do mundo. Eu não conseguia ver o final da ponte. Ela parecia se embrenhar num vão escuro, de onde emanavam miasmas. O curioso é que não havia mau cheiro, mas um perfume de bolo de laranja. Naquela hora, sim, senti um pouco de medo, mas o cenário me pareceu tão impossível que resolvi me perguntar se eu não estaria sonhando.

— Estou sonhando?

A ponte sacolejou, as tábuas se acenderam, coloridas. Duas asas imensas brotaram das minhas costas e uma série de intrigas se sucederam.

Acordei com a pergunta na cabeça: do que são feitos os sonhos, do que são feitos os *sweet dreams*? *Sweet dreams are made of this*, a voz respondeu, distante.

Não sei como essas coisas acontecem, sei que acontecem comigo. Nunca conversei profundamente sobre isso com ninguém, eu só conto que acordo nos sonhos e pronto. Às vezes é bom, às vezes é ruim demais. Em geral, as pessoas não entendem, umas acham esquisito, outras relatam que também acontece com elas, mas ninguém nunca me perguntou como isso acontece e acho que eu mesme não sei dizer. Sei que chamam de sonhos lúcidos, embora eu acredite que não seja bem essa palavra, o estado de percepção é outro. Não é lucidez.

A primeira vez que aconteceu, eu demorei para me dar conta porque, quando entendi que estava sonhando, tentei acordar, mas acordei ainda no sonho. Várias. Vezes. Só que tinha a sensação de estar desperte, e quando algo inusitado acontecia, algo que só pode pertencer ao mundo dos sonhos, eu ficava muito assustade, acordando novamente. O enredo do sonho dessa noite específica era o seguinte: entro em casa, tiro a roupa, vou até a máquina de lavar e a partir daí surgem várias narrativas. Na primeira, vejo uma porta que não existe na minha casa no mundo real, no mundo acordado, se posso dizer assim. Entro e lá está morando um homem, parece um mendigo, roupas velhas e rasgadas, barba comprida. Está sujo, eu pergunto o que ele faz ali na minha casa, naquele cômodo que nem eu mesme conhecia, e ele, ao abrir a boca, se desintegra. Aí eu acordo, só que no sonho, e, tentando me livrar daquele estranhamento, levanto em casa, tiro a roupa, penso em tomar um banho pra ver se melhoro, vou até a máquina de lavar e, no caminho, vejo os ladrilhos do chão da cozinha mudando de cor. Tento arrancá-los pra ver como aquilo está acontecendo, se pela lógica dos despertos há algum dispositivo eletrônico instalado ali embaixo, e no meio da empreitada acordo aliviade. Saio do quarto com a sensação de que algo está errado e logo na entrada de casa percebo que os móveis não são os meus e que há uma mulher estranha ali. Ela parece não se incomodar com a minha presença, aliás nem me nota. Tento me comunicar com ela, mas não há resposta. Pergunto o que ela está fazendo ali. Nada. Então me pergunto se estou dormindo ou acordade e ela diz: Tu tá morta! Aí acordei com uma sensação horrível, sozinhe, sem ter com quem falar, com quem verificar a realidade, verificar se a pessoa que eu era na vida desperta estava viva, morta ou louca. Toquei nas paredes úmidas do meu quarto. Toquei nas minhas cobertas. Verifiquei a amplitude do espaço para me certificar de que eu não estava em um caixão, apertei meu travesseiro com medo de que ele se transformasse numa galinha, numa barata gigante, num bebê, sei lá. Nesse dia queimei uma sálvia e botei sal grosso na casa, por via das dúvidas. Fiz esses rituais que considero ineficazes, e eles são mesmo, porque comecei a ter problemas com o sono, a sentir muita ansiedade na hora de dormir, com medo de que esse tipo de sonho se repetisse.

Não consegui voltar pro sonho da ponte, ficando sem a resposta dos sonhos doces e confortáveis. Me intrigava. Talvez ali pudesse residir uma resposta. Uma fórmula do bem-sonhar. Algo que me ajudasse a viver melhor meus sonhos. Suspirei alto e Giorgia reclamou com um gemido. Levantei. Fui à cozinha tomar água e encontrei Lisi comendo um ovo. Nosso apartamento era meio uma república, mas escolhíamos pessoas mais ou menos próximas, indicadas por amigues, ou então eram pessoas que conhecíamos no bar da Tânia, o único bar LGBTQIAPN+ que existia na cidade e que era a única opção para a gente se divertir em paz. A Lisi era a moradora nova. Perguntei:

— Insônia?

— Fome. E tu?

— Sonho errado. Eu nunca tenho fome de noite, assim na madrugada, digo.

— Sonho errado é muito ruim, eu fico com um sentimento de angústia o dia inteiro, como se alguma coisa fosse acontecer.

— Pois é, o meu sonho foi...

— Pa pa pa pó parar. Minha mãe dizia que primeiro a gente deve contar os sonhos ruins e pesadelos pra uma planta, flor, árvore, coisa assim, e só depois dessa limpeza, ela chamava de limpeza, é que a gente pode contar pros outros.

Lisi pegou a mudinha de limoeiro que tinha plantado, botou na minha frente e eu empurrei.

— É que eu nunca sei se tô dormindo ou acordade, porque eu acordo no sonho. — Puxei uma cadeira e me sentei.

— Tipo sonambulismo? Tu tá dormindo e falando agora?

— Não! Agora eu tô acordade.

Lisi passou a mão bem rápido várias vezes na frente do meu rosto, para se certificar de que eu estava enxergando. Fui acometide por outra dúvida.

— Só um minuto — eu disse e me levantei.

Fui até o meu computador, que estava ligado na sala.

A luz azulada da tela penetrou no meu cérebro, enchendo-o de um vigor inesperado. Digitei: *Quais são os sete mares?*

Na literatura grega, os 7 Mares eram os mares Egeu, Adriático, Mediterrâneo, Negro, Vermelho, Cáspio e o Golfo Pérsico. Durante a Idade Média e até a descoberta do Novo Mundo os famosos Sete Mares eram: mar Glacial (Ártico), mar da França, mar da Espanha, mar Oceânico, mar das Antilhas, mar Austral (oceano Atlântico) e mar das Índias. De acordo com a Organização Hidrográfica Internacional, existem mais de 100 mares no mundo e todos eles têm a sua própria história.

Egeu, digitei e cliquei.

A superfície da água do mar Egeu circula em um giro anti-horário, com água hipersalina movendo-se para o norte ao longo da costa oeste da Turquia a uma profundidade de 23-30 metros, então flui através do Estreito de Dardanelos e para o Mar de Mármara em velocidades de 5-15 cm/s.

Mar Egeu. Cliquei em outro link azulzinho.

Já na Idade Antiga havia várias explicações propostas para a origem do nome. Dizia-se que a origem seria devida à cidade grega de Aegae, ou a Egeia, rainha das Amazonas que morreu no mar, ou a Aigaion, um dos nomes de Briareu, um dos arcaicos Centímanos, ou, especialmente entre os atenienses, Egeu, pai de Teseu, que se arrojou ao mar.

Teseu. O link brilhou.

— Teo?

Voltei para a cozinha. Lisi lambia uma gema amarelada no côncavo de uma colherinha.

— Achei que sonambulismo era diferente. Eu tinha uma tia, lá no interior de Vacaria, que era sonâmbula e minha mãe teve que colocar uma tramelinha por fora da porta do quarto dela. Uma vez, a tia conseguiu girar a tramelinha, minha mãe acha que ela passou uma faca ou um pente na fresta da porta, e saiu de casa. Não era a primeira vez que acontecia isso, então minha mãe botou tranca na porta do quarto e na janela à noite, mas naquela vez ela sumiu pra sempre. A minha mãe diz que levaram ela. Não tinha nem vinte anos.

— Levada por quem?

— Pois é, ela nem gosta de falar muito, mas acha que foi E.T. Lá era comum ter E.T. uma época.

— A tua mãe tem que conversar com a minha, porque ela também acredita nessas coisas.

— Juntar essas pessoas acaba atraindo, certeza. Por mais que eu estude e seja cética sobre algumas coisas, eu tenho pra mim que existem mistérios.

— Pode ser. Eu sinto muito pela tua tia, Lisi, que triste isso.

— Ai, é triste mesmo. As coisas que acontecem nesses interiorzões são tão loucas que eu agradeço ter saído de lá e vindo estudar aqui, nesse interiorzinho maior. — Lisi riu e comeu o último pedacinho da clara do ovo. — Bom, mas, olha, cuida das janelas. Tu quer que eu chaveie a tua porta de noite, quando a Giorgia não estiver? Que bote um fio com alguma coisa no corredor? Pra tu tropeçar e fazer barulho? Ou a gente podia tentar hipnose! Ou...

— Não, não, eu não tenho sonambulismo. Eu sei que eu tô acordade. Eu acordo *no sonho*. — Lisi apertou a cara.

— Tipo sonho lúcido?

— Tipo eu sei quando tô sonhando. Daí faço coisas sabendo que tô sonhando, tipo voar, pular bem alto, visitar lugares e pessoas.

— Ser uma pessoa rica e poderosa, ir a lugares que tu nunca iria na vida real?

— Nunca pensei nisso. E acho que nem daria tempo de viver histórias assim. E depois eu não tenho repertório.

— Repertório?
— Como eu vou sonhar com uma vida que eu não conheço?
— Mas sonho não é justamente assim?
— Não sei. É isso que eu não sei!
— A gente tem alguma noção das coisas, e não é a partir justamente disso que o sonho chega pra gente? Não tem muito como a gente se blindar de um monte de coisas. Lembro de eu assistir tevê há uns anos e de aparecer mensagens subliminares, flashes da Jequiti na tela. Então, mesmo que a gente não queira, somos afetados.
— E tu comprou coisas da Jequiti?
— Não que eu me lembre, mas ficou na minha cabeça como repertório.
— Pode crer.
— Tá, mas como era o teu sonho ruim?
— Eu tava na minha antiga escola...
— Espera. — Lisi empurrou a mudinha de limoeiro de novo para mim. — Conta primeiro pra ela, só pra garantir a limpeza.

Suspirei e contei o sonho mentalmente para o pequeno limoeiro.

— Deu. Posso continuar?
— Vai, vai logo que eu tô curiosa.
— Bom, aconteceram umas coisas na escola e tal, mas o que importa é que quando eu fui sair tinha uma ponte, dessas de corda.
— Uma pinguela.
— Isso! Daí teve um momento em que eu entendi que tava sonhando e apareceu a Annie Lennox.
— Maravilhosa.
— Maravilhosa. Daí ela tava cantando...
— "Sweet Dreams"?

— Não. Ela tava cantando "Why".
— Eu gosto de "Why".
— Ela tava com a roupa do videoclipe, saca? Um boá de plumas rosa ou vermelho e uma maquiagem bem... dramática, digamos.
— Maravilhosa.
— Maravilhosa. Daí ela parou de cantar e me perguntou do que eram feitos os sonhos.
— Então era "Sweet Dreams"!
— Não, era "Why", mas ela perguntou dos sonhos.
— Depois de cantar, então.
— Isso, depois de cantar um pouco. Mas antes de eu começar a entender qualquer coisa, o boá se transformou num pássaro e levou a Annie Lennox embora. E a ponte começou a balançar muito e as tábuas a se soltar. Não dava pra ver nada lá embaixo, era tudo cinza.
— Que agonia essa parte.
— Sim. Mas como eu sabia que tava sonhando, eu quis voar também, pra tentar encontrar a Annie Lennox e dar a resposta pra ela. E duas asas imensas brotaram nas minhas costas. Só que no meio do caminho...
— Tu não sabia a resposta.
— Exatamente. Eu não sabia a resposta. Daí acordei querendo saber.
— Mas não foi um sonho de todo ruim.
— Não...
— Acho que os sonhos mais doces são feitos das coisas mais queridas que a gente vive na vida ou que a gente deseja. Não as mais importantes, mas as que ficam na memória, sabe? Por algum motivo banal. Tipo ovo cozido na água com a gema mole. Minha mãe às vezes fazia pra mim e pro meu irmão de manhã, e a gente comia vendo desenho. Essa lembrança é meio um so-

nho bom, porque não é alcançável, mas está ali, sabe? Tipo essa conversa da gente agora, no meio da madrugada. Será que isto aqui não é um sonho doce?

A Lisi sorriu, levantou e perguntou se eu queria um ovo, porque ela ia fazer outro. Eu disse que queria, mas que, por favor, com a gema dura.

— Não consigo comer ovo com gema mole.
— Seletividade alimentar?
— É.

Passei um café e a gente amanheceu conversando, e só nos demos conta de que o dia tinha chegado porque a Giorgia se levantou pra pegar a estrada. Não sem antes tomar um gole do meu café.

— Não faz isso, tu sabe que eu odeio — eu disse.
— É bom pra tu aprender a lidar com esses sentimentos mesquinhos.
— Sei.

Se namorar uma pessoa que mora em outra cidade era esquisito para mim, namorar uma pessoa atípica também devia ser esquisito para a Giorgia. Não que eu não gostasse de ficar com ela; é que eu não ia muito para Novo Hamburgo, porque a Natália, melhor amiga da Giorgia, era uma pessoa extremamente implicante que em algum momento diria alguma merda a meu respeito. Então algum ponto desconfortável sempre dividia o grupo. Em geral, nos finais de semana Giorgia vinha e, raramente, ficava até na segunda-feira de manhã, mas, quando ficava, saía bem cedinho direto pro trabalho. Entre um gole e outro no meu café, a Giorgia me perguntou se eu tinha descoberto do que eram feitos os sonhos doces.

— Diz a Lisi que eles são feitos de memórias, das coisas que a gente vive.

— Eu acho — a Giorgia disse — que existem sonhos de premonição, sonhos de outras vidas, de passado e de futuro, que não têm a ver com as coisas que a gente vive; são assuntos de outros mundos.

A Lisi e eu ficamos olhando em silêncio pra Giorgia e ela continuou.

— O quê? É verdade. Eu tinha uma vizinha, uma menininha, que sonhava com essas coisas, ela era meio vidente. As pessoas iam na casa dela e às vezes, quando era alguém conhecido, ela mandava chamar pra dizer alguma coisa que ia acontecer.

— E geralmente era coisa ruim, certo? — eu disse.

— É, isso mesmo. Acidente, doença, coisa ruim. Uma vez eu sonhei que ia ficar doente e daí quebrei o pé. E ela confirmou.

— Tô toda arrepiada — a Lisi disse, passando o dedo pelo braço. — Lá em Vacaria tinha um guri bem assim. Chamavam de Luisinho da Caturrita porque ele tinha uma caturrita que só ficava no ombro dele. Ela não ia com mais ninguém, era grudada no guri. Ele previu um acidente com o meu vô.

— Teu vô sofreu um acidente?

— Nossa! Foi grave?

— Não, não. Naquele dia ele não foi viajar, daí não aconteceu nada. O Luisinho da Caturrita mandou chamar meu avô bem cedo ainda. Daí a vó não deixou ele ir.

Olhei pra Giorgia, querendo rir, mas ela parecia concordar com a lógica da Lisi. Se é que se podia chamar toda essa conversa de lógica.

— Depois que a menininha benzia, a gente tinha uma sonharada louca. Ir lá era sempre bizarro. Lembro um pouco da casa, das velas, do altar, havia umas fotos, e a menininha vestida de branco num bercinho. Só que ela já era uma menina meio grande, mas ficava sentada no bercinho, benzendo e dizendo coisas, tirando quebranto, mau-olhado, curando pulso aberto, cobreiro... Dizia coisas de um jeito que até hoje eu lembro. Era sempre assim: eu ia ver a menininha e depois tinha uma sonharada louca.

— Que coisas ela dizia?

— Não sei, eram umas coisas incompreensíveis, como se fosse em outra língua, sabe? Não lembro do que ela dizia; lembro é da cena, do som, que era meio assim — e Giorgia imitou como a menininha falava.

— Nossa, que forte.

Fiquei olhando para as duas e precisei dizer alguma coisa.

— Parecia mesmo um evento marcante, claro que depois tu ia sonhar. A gente se impressiona com essas cenas.

— Não, Teo. A gente sonhava com coisas premonitórias, loucas de verdade, como se fosse uma purgação. A mãe dizia pra gente prestar atenção nos dias seguintes, ver se aparecia cabelo dentro de algum ovo ou um cachorro estranho latindo. Eram sinais. E uma vez minha vó achou um cabelo dentro do ovo!

— Mentira! Tô todinha arrepiada!

— Aí ela ficou na dúvida se era um cabelo dela que tinha caído bem na hora que ela quebrou o ovo ou se era um cabelo do ovo. Mesmo assim, minha avó avisou a menininha, e ela disse pra vó fazer umas coisas e levar na casa dela, que ela ia benzer.

— A gente comeu ovo, Teo. Eu não reparei se tinha cabelo.

— Não tem cabelo em ovo, gente, parem. Tô começando a achar que eu tô é sonhando, de tão absurda que tá essa conversa.

— Tu acha que os sonhos são feitos só de absurdos?

Nós rimos bastante e só paramos porque ouvimos um latido rouco e contínuo. Fomos até janela e vimos um cão pastor enorme, desses pretos e amarelos, latindo muito no meio da rua. Latia alvoroçado para um pássaro em uma árvore. Tivemos a impressão de que lá pelas tantas ele ficou mais rouco ainda. O pássaro voou para longe e os rumores da manhã voltaram a normalizar a rua. Carros, transeuntes, alguma grade se abrindo ou fechando. Ergui os ombros e com o lábio esticado para fora olhei para as duas, que voltaram às suas atividades. Me perguntei se estava dormindo, belisquei meu braço.

— Credo! — Giorgia fez o sinal da cruz.

— Vou deitar um pouco, passei a noite em claro — Lisi disse.

— E eu vou tomar meu rumo, que já está ficando tarde.

Giorgia me deu um beijo, passou a mão na mochila e foi embora. Eu mataria tempo até a hora de sair para o trabalho. Sentei na frente do computador. A luz azulada engoliu minha cara. Busquei o videoclipe de "Why" no YouTube e fiquei ouvindo a música. Ali talvez houvesse alguma pista. Queria algum oráculo mais imediato. Digitei *do que são feitos os sonhos?*

Corri os olhos *realização disfarçada de um desejo reprimido estímulos aleatórios originados na ponte não possuem qualquer significado estudos associam as emoções experimentadas durante a vigília sistema dopaminérgico mesolímbico-mesocortical respaldo à teoria freudiana um papel na elaboração psíquica de lembranças traumáticas.*

Rolei o artigo.

muito do que é bizarro ou confuso não resulta de repressão elementos originalmente extralinguísticos não expressos em palavras linguagem do processo primário atuação de uma instância censora

Rolei.

Na edição comemorativa da revista Science *de seu 125º aniversário lista de 125 questões ainda não respondidas pela ciência irão desafiar os pesquisadores no próximo quarto de século. Entre elas qual é a base biológica da consciência? por que dormimos? e por que sonhamos?*

Voltei correndo para a cozinha, mas a Lisi não estava lá. Entrei em seu quarto, bastante contrariade, mas a vontade foi maior do que o respeito.

— Lisi? Qual é a base biológica da consciência? Por que dormimos? Por que sonhamos? Tipo tu estuda isso nas tuas aulas?

Lisi abriu os olhos e disse:

— Eu durmo porque estou com sono ou cansada, porque passei a noite em claro sem dormir. Ou seja, eu durmo porque não durmo. Um paradoxo — seu olho brilhou levemente —, mas não lembro de ter estudado isso especificamente.

— Interessante, mas não é isso. Por que *a gente* dorme? O ser humano. E por que sonhamos? A questão nem é mais do que são feitos os *sweet dreams*. É mesmo *why*? Agora entendi a mensagem, agora entendi o desejo reprimido.

— Tô ligada, porque ela tava cantando *why* no teu sonho.

— Exatamente. E a coisa da base biológica da consciência deve ter a ver com isso.

— Com isso o quê?

— Não sei, essa coisa de sonho não parece uma pequena... uma pequena morte? Diária?

— Tu quer dizer noturna?

— É, mas todas as noites uma morte. Porque, tá, tudo bem, não é uma morte real, mas vives, vives não estamos. Base biológica nesse sentido, entende?

— Tu quer dizer conscientes?

— Será? Eu tava lendo ali na sala que os sonhos são mesmo feitos de ondas. Da reverberação. Quer dizer, o sonho é uma reverberação química, elétrica, e as imagens de doideiras que a gente compõe nessa marezinha noturna são o que tu disse mesmo, aquilo que a gente guarda. — Fiquei em silêncio. — Não é uma coisa mística, uma viagem, na real a gente tá bastante consciente, de certo modo. A gente se embala nessa morte. E no meu caso tem essa morte lúcida. Fiz aspas e abri a boca de espanto, sem conseguir mais fechar.

— Tá...
— Tu tem muita insônia?
— Não muita, mas tenho.
— E será que não é porque tu não quer dormir, porque não quer morrer?
— E quem quer morrer?
— Bem pensado. Não, mas tem gente que quer. Tu já teve a sensação de que não sabe bem se tá sonhando ou acordada? Ou como se não fizesse diferença? Tipo: quando vocês tavam conversando um monte de absurdos ali na cozinha, teve uma hora que eu achei que eu podia estar sonhando.
— Que absurdos?
— Das coisas que vocês viveram. Sequestro, alienígena, benzedura, essas coisas....
— Por que tu acha que são absurdas?
— Pra mim são situações tão absurdas quanto uma cantora que eu nunca conheci aparecer na minha frente e depois se transformar numa galinha gigante, me deixando com uma dúvida existencial. E eu nem mencionei a parede de porcas e papagaias latejantes.
— Nossa. Frequentemente eu sonho que sou outra pessoa.
— Um sonho recorrente?
— É, acho que é. Eu me lembro de tudo muito vividamente e cada vez que eu tenho esse sonho parece que eu vou acumulando mais detalhes.
— Me conta, me conta.
— Eu conto, mas tu não pode me interromper.
— Beleza.

— Tá. Tem uma reta aparentemente sem fim, o chão manchado, mas eu sei que é tipo uma miragem. O chão deve estar mais quente do que o ar ou algo assim. Eu sei que a luz é uma onda eletromagnética e a rapidez com que ela se propaga depende do meio em que ela está se propagando. No vácuo, eu sei que a luz tem a sua maior velocidade $C = 3 \times 30$ na 8 m/s. Eu lembro porque um professor, uma vez, fez a gente decorar e saber que não existe valor maior do que essa velocidade, e isso ficou grudado no meu cérebro, mesmo sendo uma informação totalmente irrelevante. Tem coisas que a gente não esquece nunca. Ainda assim, eu acelero como se pudesse quebrar alguma barreira existencial. No ar, a velocidade é quase a mesma e, para fins de cálculo, se considera a mesma fórmula, só que em vez de igual a gente usa um igual com um til em cima. Eu afundo o pé no pedal e o carro segue. Eu vejo a fórmula desenhada no céu. Eu sei que nada daquilo é real, mas o que importa é parecer real, é a sensação de realidade. Nisso eu acredito. Trezentos mil quilômetros em um segundo, pra isso não tenho nem referência. Anos-luz, galáxias, distâncias. Se o meio muda, a velocidade muda. Aí sinto que viajo rápido, meu corpo começa a ter um medo físico, o carro começa a tremer, sinto o volante selvagem nas minhas mãos e aperto. Nesse ponto eu não sou mais eu. A tensão cresce nos ombros, o pescoço endurece, cavalos brancos cruzam a pista e eu desacelero rapidamente. Uma dor horrível nos ombros quando acordo. As memórias ajudam a construir quem somos, as reais e as inventadas, por que essa dor é real? Tem um motivo real? As memórias vividas no mundo e as vividas no sonho. E essas outras. Mas a memória também é um bom filtro, não acha? Talvez as coisas que esquecemos, as que depositamos em lugares sem acesso, talvez elas não sejam importantes para o que nos tornamos. Daí eu, que não sei se ainda sou eu, encontro um bolinho de milho, uma broinha, na verdade, que a minha avó fazia, que eu lembro exatamente do gosto, o que me faz lembrar de um jogo de xícaras e pires coloridos que sempre organizávamos em combinações aleatórias de cores. Xícara verde, pires vermelho, xícara vermelha, pires amarelo, xícara amarela, pires azul, xícara azul, pires verde. Uma medida de farinha de milho, meia de farinha de trigo, um quarto de xícara de açúcar, um quarto de xícara de azeite, uma colher de fermento químico, untar a forma, assar a duzentos graus por trinta minutos. E de repente sou minha vó. Passo o café, pego a manteiga na geladeira, corto um pedaço de queijo. Sinto o cheiro do milho doce, tirado do forno. Espero com paciência até a temperatura estar boa. Camada de manteiga, pedaço de queijo, gole de café. Conversa amena sobre o clima com pessoas que não faço ideia de quem sejam, sobre planos para um futuro imediato, a lembrança na lembrança, o que compartilhamos nos genes e no mistério. Estar ali como miragem. O cérebro tem uma linguagem elétrica, nos comunicamos com ele eletricamente. A consciência é uma experiência de mundo. A gente vem do nada e de repente estamos experimentando as sensações do mundo. É como tu disse: vou dormir à noite e se tenho a sorte de me desligar paro de experimentar as coisas deste mundo. Depois volto. Parece simples, mas é um mistério. Como isso acontece? É o que tu quer saber. Não é o mesmo que inteligência. Processar input e devolver uma resposta. Falar, andar, escrever, cozinhar, fazer o imposto de renda, não matar plantas, amar. Não acha?

— Posso falar?

— Sim, claro, eu meio que já terminei faz tempo, tava divagando.

— Eu não acho que a vida seja uma simulação, mas quando eu era criança teve um momento em que achei que era um robô.

— Um robô?

— Um ciborgue. Tipo o do *Exterminador do futuro*.

— Sei. Mas, olha, se é possível enganar o cérebro é possível enganar a consciência, enganar a vida até. Eu sinto que estou viva. Eu sinto que estou viva. — Lisi bota a mão no peito. — Eu estou viva. Eu sinto que estou viva. Qual é a diferença de estar fazendo as coisas no mundo e isto aqui? Esta viagem. Meus braços doem. Estou cansada e atenta. Ah, quando os cavalos voltam à pista, eu desacelero pra ver os cavalos e um deles me olha como se me conhecesse, como se o sonho recorrente também fosse dele. Não existe consciência fora da gente. Existe inteligência, de vários níveis. Simular existência, simular uma experiência faz sentir a vida. É físico. É científico. E de algum modo é metafísico. O cérebro é analógico e digital, porque a inteligência artificial seria apenas digital, computacional. Um software que afeta a máquina mais complexa do universo, o nosso cérebro.

— Do que tu tá falando exatamente? Agora tô começando a achar meio estranho. Tu tá divagando de novo.

— É tipo esse implante que li. No começo, ele foi feito para mapear como tudo acontecia e não para fazer alguma coisa acontecer. Primeiro em pacientes com epilepsia, amnésia, demência. Tipo quando os implantes cocleares ficaram mais populares, o braço tecnológico da empresa desenvolveu um implante que estimularia eletricamente a parte imaginativa do cérebro, digamos assim. E deu nesse chip do bilionário; não vou falar o nome dele. É engraçado que, quando vemos filmes de ficção científica, as tecnologias muitas vezes já estão prontas e pensadas e as pessoas vivem aquelas vidas. Mas participar do futuro é diferente e cansativo.

— Posso falar?
— Sim.
— Quando eu era adolescente, imaginava que haveria uma tecnologia de comunicação ubíqua por vídeo, e quando o smartphone chegou para dominar a nossa vida acabou não sendo nenhum assombro.

— Isso mesmo. E agora a gente pode estar aqui numa simulação, com um troço enfiado na cabeça, fazendo testes, a serviço de um bilionário escroto, pra que todo o mundo possa e saiba usar o aparato e o software com segurança sem nem saber. Tem essa palavra *wanderlust*. O desejo de vagar, de viajar. A gente indo no mundo e o mundo indo na gente. Existe essa palavra pro sonho? A gente busca essa miragem, essa imagem enganosa que chega antes mesmo da gente fincar os pés em qualquer território. E se neste momento estiverem monitorando as ondas elétricas do meu cérebro, a linguagem? Dizem que se uma experiência tem um componente emocional importante, a amígdala a transforma numa memória. Com certeza, vou lembrar de estar fazendo isto no mundo real.

— Isto o quê?

— Isto aqui.

— Lisi, sério. A conversa tá muito boa, mas também tô achando meio sinistro o jeito que tu tá falando. Tô um pouco preocupade.

— Não fique. Estou fazendo um tratamento com psilocibina e fico meio falante quando tomo. Por isso eu às vezes venho pro quarto pensar sozinha.

— Tu tomou quando?

— Hoje de manhã. Acho que posso tomar uma dose um pouco menor, porque tô muito louca.

— Caramba e eu achando que tu tava me dando respostas.

— Mas eu tava. Eu tô! Este estado de consciência outro, este lugar aqui onde eu tô... tu não tá no mesmo lugar que eu. — Ela mexe as mãos no vazio entre a gente. — Este lugar aqui — ela me afasta um pouco — é o das respostas.

— Então me diz: do que são feitos os sonhos e por que a gente sonha?

— Eu vou te contar...

Temporal

Abri a porta e joguei a bolsa no sofá. Ela bateu no veludo vermelho e escorregou para o chão. Ouvi o som insuportável das chaves tilintando, mas talvez fossem os raios que ao mesmo tempo tocaram a terra, aqui tão perto, que tocaram a terra, fazendo um grande estrondo. Tocaram a cidade, o bairro, esta rua, o meio da minha cabeça. Talvez também tenham sido os trovões que avisavam da tua presença e da tua ausência, o tremor das vidraças nas esquadrias frouxas de metal pintadas de branco que tu jurou que voariam no primeiro temporal, quando tu me disse com cara de espanto, cabelo desgrenhado, chacoalhando essas mesmas esquadrias do apartamento que nem era tão velho assim — isto aqui vai sair voando vai sair voando!

Lembro como se fosse agora, enquanto as chaves, as tuas chaves dentro da bolsa, as tuas chaves que não usei para abrir a porta, dentro da bolsa pequena, tilintam. O vidro trincou com a tua força desmedida e tu nem notou a contradição quando afirmou gostar muito de prédios dos anos 1970 porque só eles envelhecem bem, e bateu dramática com as mãos espalmadas nas pa-

redes, que jurou serem bastante sólidas, de bons tijolos, mais sólidas do que a própria história da pedra, mais sólida que o próprio destino me levando até ali para te ouvir dizendo num eco
— nada de bom foi feito depois disso em termos de urbanismo.
Tu, uma grande arquiteta. Tu, a mais entendida. Nada. A tua voz ressoando com tanta segurança beirava a empáfia. A corretora de imóveis constrangida com as tuas afirmações, mas não era isso, não, claro que não, claro que não, tu te repetia e eu compreendia que era só o teu jeito categórico de fazer comentários quando tu não queria abrir mão de alguma coisa. Depois tu esquecia, mas eu não. E era eu quem ficava remoendo e remoendo as tuas palavras azedando na minha boca como um mingau velho. Naquele dia do temporal, a tua voz ficou abafada por causa do rugido, da trovoada, como se um túnel se abrisse, um túnel entre a atenção e o desejo. Juro que não é por mal, é que às vezes eu fico introspectiva. Não é mesmo por mal, até porque no dia do temporal eu levei tudo muito a sério, muito a sério mesmo, e corri para fechar as janelas, porque o chão da área e o chão da sala já estavam molhados e eu não queria que o resto do parquê molhasse e envergasse também ou perdesse a cor ou apodrecesse, porque além de termos passado aquela cera especial que brilha, tu ficaria insuportável
— o chão, agora não tem como salvar o chão, estamos sem chão.
O que agora não faz a menor diferença, porque a madeira está completamente opaca, além de haver um buraco enorme no ralo da área de serviço, porque a caixa de gordura estava malfeita e tivemos que arrumar inúmeras vezes. Tarde demais. Sem sucesso. Até descobrimos que se tratava de um problema estrutural maior que necessitaria de consertos constantes e demorados e de que só nos dávamos conta quando a cozinha estava co-

berta de sujeira e graxa, uma manta esbranquiçada como a nata nos meus olhos. Agora vou seguindo os riscos novos e velhos do assoalho com a ponta dos pés, como se patinasse num rinque há anos abandonado, sem música, imóvel. Lembro da tua roupa dobrada em cima da cama antes de estar na mala, antes de estar na rua antes de estar na estrada em direção ao litoral. Tu procurando a echarpe a echarpe a echarpe que tinha ganhado aquela que eu deveria saber qual era

— é aquela do Marrocos, tu sabe qual é, não é possível!

Do Marrocos. Foda-se. Eu sabia, mas não tive bom senso, quando escondi a echarpe, enfiando no fundo do fundo da gaveta dos pijamas com as roupas que ninguém lembra mais como foram parar ali, luvas sem par, calcinhas sem elástico, meias furadas, e lembrancinhas de viagens que não fizemos juntas. Não tive discernimento. Como agora também não tenho enquanto tento organizar o almoço às quatro da tarde. Justo eu, que sempre fui de horários e programações, arranjar almoço às quatro da tarde, completamente sem prumo. Tento não pensar nessa fome do presente e dos dias. Encaro a pia suja, a minha rotina bagunçada, a minha cabeça confusa em que minha consciência ora habita, ora se evade, ora nem sei. Parece que sinto a tua língua. Ela invade e lambe as frestas do meu cérebro para me fazer sentir memórias guardadas e adormecidas há tanto tempo e de cujo gosto não me recordava. Vejo a única coisa comestível naquela cozinha: uma batata-doce. Me lembra muito um coração cortado ao meio. Oxidado, no parapeito da janela ao lado de uma rama seca de alecrim que tu cuidava tão bem. Era frondoso no vasinho da janela basculante que a gente só limpou uma vez e nunca mais tocou, porque os vidros se quebraram e tivemos que trocar por outro modelo de jateado desigual, quando dois deles caíram estilhaçados em cima da pia

— não existe mais este modelo, vamos ter uma janela cafona, melhor trocar tudo
Não trocamos. Por mim, a janela toda poderia ser demolida, bem como aquela cozinha onde eu agora sou a intrusa. De frente para a pia, tento abrir uma gaveta e falho. É uma gaveta falsa, colada, nunca foi aberta. Penso que talvez eu é que nunca tenha conseguido abri-la e que tu a abria normalmente e guardava ali importâncias. Penso mais uma vez que posso ter me enganado sobre ser uma gaveta falsa e tenho a certeza de que ali habita algum segredo, alguma proibição, um pequeno esqueleto de rato de lagartixa, de uma criança, pregos velhos enferrujados, abridores de latas, celulares antiquíssimos com mensagens obscenas de amor, cacos de vidro, um pequeno baú de joias, óculos quebrados, mapas ou qualquer outro tesouro que se guarda em uma gaveta lacrada. Pego distraída uma faca robusta não para cortar a batata, mas para tentar arrombar a gaveta. Não é fácil, parece mesmo lacrada. Ao sacudi-la com força e raiva, me pergunto se foi ali que tu escondeu a porra da manta marroquina, escondeu alguma coisa que não era para eu encontrar, vontades, mentiras, enganos, delírios teus, um livro de poesia de uma autora argentina. Se tu mesma não está escondida ali, se não criou um novo apartamento sem janelas inconvenientes, sem vista. Para morar sem gato nem cachorro nem reclamações. Para não saber alguma verdade, verdade que me esmagaria como uma bigorna num desenho animado. Desisto de forçar a madeira, não sem antes lascar a fórmica cinzenta, e só então volto para cortar a batata com sua doçura singular. Tu implicava com a minha mania de cheirar os alimentos antes de comer ou preparar
— que exagero, não estão estragados, e o que não mata fortalece
Se esse fosse o caso, eu seria um búfalo. Mas eu era frágil. Ali só havia o doce mesmo, o azedo não teve tempo de chegar, o

que me provoca um leve enjoo, uma tontura, um medo futuro o qual eu bloqueio com um copo d'água gelado, tão gelado que chega a doer a goela e as têmporas, e me pego pensando que talvez um chá fosse melhor nessas circunstâncias no que olho para a bancada onde ainda há alguns ramos de chá de marcela. Tomo todas as noites para evitar dores estomacais ou intestinais, mas nunca sei dizer qual é a dor correta, porque a dor é num lugar específico onde, segundo as médicas que consultei, há um vazio. O Google me diz que é perto das costelas, onde formalmente se localiza a hipocondria, e penso onde fica o meu vazio, se é no mesmo lugar em que fica o vazio da vaca, o vazio que também é um corte de carne, o que me faz lembrar que nós duas somos hipocondríacas, mas que apenas tu adora remédios e odeia açougues. Não suporta o cheiro nem a imagem das carnes sobre o metal frio nem gosta das rebarbas nas peças que tu não quer que chamem de peças, e até a ideia de um açougue te faz ficar irritada

— aquela chacina, não suporto o cheiro não suporto pensar em açougues porque logo se materializa fedor

O que nunca te impediu de chupar até o tutano dos ossos nem de comer as peles das aves e todos os órgãos, até os que de longe cheiram mal. E depois tomar um digestivo e um comprimido para enxaqueca movida pelo fígado. Mas a fiasquenta cheia de dedos sou eu. Tu, se precisasse matava um boi. Acabo largando a faca para tatear meu corpo e palpar com força as minhas entranhas. Não suporto enfiar o dedo no meu umbigo, mesmo assim o faço para ter a sensação de que sou um indivíduo — sou um indivíduo e tenho meu próprio umbigo e meus próprios desejos, assim como tu — e constato que não sinto dor alguma no abdômen. Tenho uma sensação estrambólica se alastrando pelo meu tronco, não sei se é alegria ou desespero. Ela avança para os meus braços até a ponta dos dedos que há pouco tempo, há pouquíssimo tempo, pinçaram prendedores de roupa para retirar do varal peças tuas que estavam já esturricadas, porque essa foi uma semana extremamente quente e seca e as tuas roupas ficaram lá como fantasmagoria. O tempo seco ou o cheiro forte de amaciante fez meu nariz sangrar, deixando aquele gosto ferruginoso no fundo da língua que pesa mais do que o normal, mais do que um mamute quando tento pronunciar a palavra mamute. Meus lábios estão frouxos demais, embora eu tenha tido a destreza de articular em voz alta, como se quisesse me dizer de uma lembrança tão antiga e antiquada nossa. Uma viagem a um sítio arqueológico onde habitavam povos intocados pelo Ocidente, tão antiga quanto a lembrança de termos assistido a um seriado médico que explicava a posição correta em que precisamos deixar a cabeça quando o nariz sangra, e eu, mesmo achando aquilo idiota e contra a lógica, naquele dia fiz adotei a posição e meu nariz parou de sangrar em minutos. Ainda assim uma gota de sangue se desprendeu silenciosa demais e viajou até o tecido daquela camisa clara que tu nem gosta muito, mas usa porque fica meio chique demodê

— é de brechó, o corte é excelente, me dá um ar profissional

É mesmo única, como é a segurança que emana das tuas falas desconexas e sintéticas demais. Considero que são o teu jeito particular de dizer certas coisas, o jeito particular que faz as pessoas gostarem de ti e das tuas histórias absurdas e do teu riso que volta naquele ronco nasal e sempre termina numa vergonha infantil em que às vezes tu tapa a boca, às vezes segura a barriga ou põe a mão no esterno, como se pudesse conter algum vazamento ou tapar algum furo. Do mesmo modo que tu faz quando goza, te encolhendo para o lado, e do mesmo modo que, quando terminam as coisas com esse receio ou essa tristeza que adotamos para tentar remediar o futuro com a compra de uma cômoda com gavetas grandes demais, num provável contornar de narra-

tivas com proposições tão absolutamente particulares que chegam a ser ridiculamente compartimentadas, mas que nos servem de socorro para guardar os desejos. Às vezes servem de boia, às vezes de âncora. O que nos dá duas opções: boiar à deriva ou afundar para sempre e rapidamente. Mas a gente nunca sabe qual está escolhendo. Até sentir a garganta se dilatar e o corpo inteiro pesar de água sem ter espaço para qualquer respiro ou resposta, e às vezes uma coisa ainda leva à outra. O que parece ser o meu caso, porque agora me dou conta de que estou no chuveiro segurando novamente a faca robusta e encarando a ducha. Minha mão gira a torneira, liberando a água que bate fria e abundante no meu rosto, depois morna, depois quente. Desvio antes de me queimar. Cuspo água. Tusso e acabo rindo, porque penso que seria ridículo eu me afogar no chuveiro, mas também penso que uma vez tu me disse que
— muitas mortes ridículas acontecem por ano mesmo que a gente não acredite o quão incrivelmente bestas elas foram
No meio desse riso lembro do quão atordoada fiquei e ainda fico com essa informação alarmante e estico a mão para o toalheiro sem encontrar nada, porque esqueci de pegar uma toalha. Saio molhada do banheiro. Decido largar a faca, porque não quero escorregar e acabar morta com um metal ordinário enfiado em algum tipo de vazio físico ou existencial meu. Sei que vou acabar morta, porque é só assim que se acaba, independentemente do tempo ou do desejo. Mas também penso que é possível visitar um naufrágio molhando apenas os pés. A imagem do barco preso ao banco de areia, desde sempre ali, a paisagem aparentemente inalterada. De perto, algas e corais se movem. O barco afunda com paciência, levará séculos para desaparecer. Está e estará visível. Uma ferida na praia. Vou até o quarto pé ante pé e olho para a cama onde está a tua roupa toda dobradinha e sem vincos sobre a qual me deito para fantasiar que me afundo de

verdade em ti, dizendo que bom que tu chegou, por que demorou tanto? Ao que tu me responde com a minha própria voz foi tão rápido, eu mal saí já cheguei, nem deu tempo de sentir saudade. Replico ao desdobrar a tua camisa e levar as mangas a circundar meu corpo e me fazerem sentir completamente patética ao me valer de uma alegoria tão milenarmente desgastada porque sei que o que me abraça agora é o vazio que desta vez não é o de dentro, mas um vazio terrível de mundo. Vou morrer só. Murmuro no teu ouvido um grande segredo guardado em uma muralha submersa. Imagino qualquer enredo de amor e engano. Tento imaginar que estas roupas são apenas a miragem desejosa de outros tempos. Tento imaginar que são histórias boas para guardar. Desejo um luto a ser feito desses planos futuros, um luto de não acontecimentos, que é o pior a se elaborar, pois as projeções são ilimitadas. Um luto de desistências, impossibilidades ou de quantas artimanhas eu ou o diabo ou as deusas tentem conjurar
— eu não acredito
Que gesto bonito a gente se olhar. Desejo que nem o vazio das roupas nem o peso da água nem a efemeridade dos sonhos nem o sangue nem o metal nem o temporal sejam apenas signos, mas caminho, mapa do tesouro, esqueleto, segredo, movimento ainda que em direção ao naufrágio para o que de novo brotar desse esquecimento de relíquias e para que pensemos em outros caminhos pois sei que já tarda e que nada do que eu disser tem o poder de reverter o tempo e preencher todas as sílabas ocas com palavras graves e úmidas como a desse temporal que se forma no horizonte e que hora ou outra vai nos encontrar

Daphne ou o primeiro não

Num dia turbulento de julho do ano de 1989, a mãe de Daphne segurou-a pelos ombros e disse:
— Minha filha, nunca dependa de homem nenhum. Nunca dependa de ninguém.

Os olhos da menina escureceram com a sombra que a mãe projetava sobre ela. Sua figura desgrenhada, na boca um esgar, a expressão de certeza e dúvida ao mesmo tempo impressionaram a menina. Ela então não poderia contar com ninguém? Um terror: a mãe tinha medo.

Chovia.

A mãe acomodou a mochila enorme nas costas da menina, botou sua própria capa de chuva em cima da filha e da mochila, pegou a mãozinha por baixo dessa corcova plástica amarela e saiu caminhando sem guarda-chuva. A água ia pela canela naquela rua em que o saneamento não era lá essas coisas. Sapatinho ensopado, a menina sentia os dedos e o coração murchos. Atravessaram a calçada para andar debaixo das marquises dos prédios. Ali as pessoas fumavam preocupadas, falando da economia do país. A mãe de Daphne pensou que poderia ser ela própria ali fumando e dando algum pitaco na economia, falando sobre o dólar e o overnight, segurando sua bolsa, escolhendo o restaurante em que mais tarde jantaria, mas tinha largado a faculdade por alguma razão que agora parecia não fazer sentido, e seus empregos atuais eram *mãe* e *do lar*. O monte amarelo ambulante vinha de arrasto. Pegaram uma rua lateral.

Chovia muito.

Por que foram ter uma filha naquela idade? Tudo estava bom. Agora ficava horrorizada ao pensar que quando Daphne fizesse dezoito anos ela teria cinquenta e oito e ele sessenta e oito. Chegar aos cinquenta e aos sessenta já era um desafio suficientemente doloroso, mas com uma filha pequena o calvário era maior. E naquela chuva...

O pai esquecera as duas. Mais uma vez. A mãe de Daphne chegou à escola esbaforida, a professora com cara de quem tinha mais o que fazer do que aturar atraso de pais irresponsáveis. E não estava errada. Se chovesse, era o pai que buscava, de carro. Se não chovesse, era a mãe, e poderiam ir para casa andando. Quando deu certa hora, ela soube que o homem não tinha cumprido sua parte. Ao sair de casa, quando abriu o guarda-chuva ele se desmanchou, o tecido se rasgou todinho e o esqueleto de varetas ficou em pé, meio torto, rindo dela como uma aranha tosca. A mãe de Daphne jogou a tralha no chão e foi andando na chuva.

Chovia grosso.

Quando estavam próximas de casa, a mãe de Daphne parou num orelhão e ligou para o escritório da empresa onde o marido trabalhava. Uma voz grave: Pronto? Ela desligou. Só queria confirmar. Chegaram em casa. Daphne foi tomar banho. A mãe de Daphne não. Tirou o sapatinho e as roupas molhadas na cozinha, enfiou as roupas na máquina de lavar, enrolou uma toalha no cabelo e vestiu um robe. Ligou a televisão e viu as notícias sobre um novo plano econômico, mais um, e a imagem do guarda-chuva se desmanchando voltou à sua cabeça.

Conheceram-se em 1962 numa vila de interior. Eram jovens ambiciosos, namoraram por quase dois anos e, casados, foram tentar a vida numa cidade nem tão grande, mas que também não era aquele cu tão pequeno. Poucos anos depois, decidiram que ali também não cabiam e mudaram-se para a capital. Ele, para trabalhar num banco; ela, para cursar faculdade. Fizeram muitos amigos. Ele entrou para um clube de cavalheiros, ela achava demodê, entrou para um grupo dito subversivo. Brigaram. Ela explicava que aquilo não estava certo, que o que estava acontecendo não estava certo! Ele dizia que não enxergava nada de errado, que era apenas um governo de pulso firme. Até que um dia ela sumiu. Ele ficou tão desesperado que pensou em se matar. Tinha pânico de ser levado também, de nunca mais vê-la, de que coisas terríveis acontecessem. Ouvia histórias distantes que nunca o tocaram daquela maneira. Queimou todos os panfletos e livros encontrados no quartinho extra que, até aquele momento estava sendo usado como escritório. Dias depois, dois homens apareceram para visitá-lo, como disseram, se sentaram e pediram cafezinho, procuraram coisas sem dizer o que procuravam, não encontraram nada. A não ser um marido assustado. E apesar do único tapão que levou na boca durante as quatro horas em que o mantiveram sentado numa cadeira da cozinha, depois de olharem a casa toda, ele não foi levado nem tão espezinhado quanto ela. Chamaram-no de frouxo, que não era possível que não soubesse que sua mulher era uma agente da subversão. Ele disse que estavam enganados, e foi nessa hora que levou a bofetada. Foi o menor deles, com as costas da mão. Pediu desculpas pelo acidente. Riu e ajeitou o anel. Confirmaram que era mesmo gerente de banco e disseram que qualquer dia passariam lá para buscar alguma oportunidade. Ele sorriu e disse não hesitem em me procurar. Ela ressurgiu dias depois, estropiada, sem um dente, muda. Não voltou para casa diretamente, foi para a vila dos pais. Largada na beira de um rio. Voltaram para a cidade intermediária entre ser um cu e uma fossa gigante de merda, em que se pudesse cair e se afogar. Ela não quis mais estudar. Demorou para que voltasse a sair de casa e nunca mais encarou um policial, mantinha sempre os olhos baixos. Nunca contou a ele o que havia acontecido e ele também nunca perguntou. Acharam melhor não contar e não perguntar. Ele pediu a ela que não se envolvesse mais com aquilo, porque era muito perigoso. Ela concordou que era mesmo muito perigoso. Tempos depois, quando as lembranças já não a interpelavam todas as noites com pesadelos e ataques de nervos, recebeu uma ligação. Era Daphne. Tomou um susto. Daphne, a amiga que fora presa com ela e que nunca mais tinha visto. Não sabia se estava viva ou morta e, se estivesse morta, se teria sido enterrada pela família. Espantou os pensamentos com um gesto de mão, acendeu um cigarro. A amiga contou que estava saindo do Brasil e que mesmo que as coisas melhorassem, preferia ir embora. Um nó se fez em sua garganta, sabia o que tinham sofrido juntas.

— Está feliz?
— Sim. Acho que sim.
— Não quer vir comigo?

Ela não respondeu. Desligaram.

Quando a menina voltou à cozinha, vestida e banhada, a mãe desligou a televisão e serviu o prato.

— Daphne, já te contei a história do teu nome?
— Não — a menina respondeu sorrindo.

A mãe abriu uma gaveta da cozinha, pegou um cigarro, acendeu, deu duas longas tragadas e deixou o cigarro queimar entre os dedos, depois apagou na água da torneira. Amassou a bituca com os dedos e jogou no lixo da pia. Abriu uma fresta da janela e disse:

— Daphne foi a primeira mulher que disse não a um homem, conta a lenda grega. A primeira mulher dessa mitologia, né, minha filha, porque são muitas as mitologias.

A menina ficou olhando para a mãe, o garfo suspenso no ar. A mãe abriu outra gaveta e tirou dali um fascículo encadernado de uma coleção dessas de jornal.

— Uma náiade. Daphne era como uma ninfa, mas também não era bem isso. — Molhou o dedo com a língua e folheou as páginas até encontrar o trecho que queria. — Era uma criatura de água doce, parecida com uma mulher, mas como não podia ter filhos nenhum homem podia tocá-la. Que loucura, não é minha filha? Era mulher, mas não era bem uma mulher porque não podia ter filhos. Se não podia ter filhos, não servia para ser tocada pelos homens, tsc.

Abriu a gaveta do cigarro novamente, pegou outro, deu duas tragadas, apagou na torneira, e jogou no lixo da pia.

— A bem da verdade, que sorte a das náiades, minha filha.

A menina continuava parada, mas agora tinha uma pergunta nos olhos.

— Não que seja ruim ter filhos ou não poder ter filhos, não me entenda mal, querida. Eu te adoro. Mas poder escolher faz toda a diferença. E tudo o que há entre conhecer um filho ou uma filha e ter uma filha, fazer uma filha, tudo isso é um sem--fim de trabalho.

A menina engoliu um pouco de purê sem dizer nada.

— Um dia, o Cupido, que é um deus mequetrefe, que usa flechas pra ferir as pessoas e os deuses com paixão e descontentamento, esse cara...
— Como assim? — a menina interrompeu, intrigada.
A mãe folheou uma página para trás no fascículo e mostrou a figura do Cupido.
— Esse eu conheço — disse a menina.
E a mãe contou a história dele.
— Então ele é legal!
— Evidente que não!
— Mas ele faz as pessoas se apaixonarem.
— Não, não, não. Flecha com ponta de ouro: a pessoa se apaixona. Mas se a flecha tem ponta de... do que é mesmo? Acho que é chumbo. Se a flecha for de chumbo, a pessoa não se apaixona, ela sente aversão pelo outro, odeia! Então, o Cupido flecha uma pessoa só com a flecha de ouro, que fica lelé da cuca e não flecha a outra? Ou ainda flecha a outra com chumbo? Eu, hein? Imagina você não poder escolher por quem se apaixona? Imagina alguém te controlar que nem um fantoche?
A menina buscou as imagens que tinha na cabeça. A mãe pensou que, na verdade, ninguém tem esse controle.

Não sabia quando tinha deixado de amá-lo. Talvez o que sofrera naqueles dias tivesse sido o suficiente para marcá-la para sempre como uma pessoa sem sentimentos. Sentimentos não serviam de nada quando se estava nua e encurralada num quarto escuro. Aliás, serviam para atrapalhar. Talvez não tenha sido ali que o amor acabara, mas no decorrer dos anos, quando entendeu que, mesmo juntos, suas vidas estavam muito distantes. Não possuíam os mesmos valores nem os mesmos projetos, mas quando se viu grávida, beirando os quarenta anos, já não tinha nem força nem vontade de se separar. Não havia percebido o quanto estava frágil. O tempo havia passado tão rápido e pesadamente como uma prensa estonteante. Foi esmagada pela vida. Além do mais, ele ficou exultante com a possibilidade de um filho, visto que acreditavam ter algum problema de fertilidade. Nada daquilo. Ela mantinha uma tabela rigorosa, mas sua menstruação vinha bagunçada naqueles tempos. Bastou. Falhou a matemática aproximada. Falhou também a expectativa, pois veio uma menina. Queria que a amiga telefonasse novamente, que descobrisse seu número novo como tinha descoberto o antigo. Mas dela nunca mais soube. Vidas cruzadas em um ponto específico. O telefonema tinha sido um borrão, um buraco de minhoca, tudo aquilo uma realidade paralela. E terrível. Ao dar o nome à filha, lembrou da história que a amiga contara em uma daquelas noites intermináveis.

— Você já se apaixonou, minha filha? Gosta de algum coleguinha ou de alguma coleguinha?
Daphne corou.
A mãe abriu e fechou a gaveta sem retirar nada dali.
— Foi o que Cupido fez com Apolo, que saiu doido atrás de Daphne. Ele queria porque queria — nesta hora a mãe pensou e escolheu palavras mais amenas — beijar e... fazer sexo com a Daphne.
A menina corou mais.
— Você já sabe o que é sexo, não sabe?
A menina riu e fixou os olhos na comida antes de fazer um movimento de cabeça que a mãe interpretou como um talvez.
— Bem, minha filha, o homem tem um pênis e a mulher uma vagina. O homem põe o pênis dentro da vagina da mulher. Mas os dois precisam estar excitados. Quero dizer, com vontade, senão nada acontece. O pênis precisa estar duro e a vagina lubrificada.

— Ludifi o quê?
— Lubrificada. Molhada. Sai um líquido de dentro dela. Mas não é xixi. Não tem motivo pra ficar com vergonha, filha. É isso que acontece. E há pessoas que fazem sexo de outro jeito. Por exemplo, mulher com mulher, homem com homem. Aí usam as mãos ou a boca.
— A boca?
— Sim, a boca.
— Tipo beijo?
— Não, não, a boca é usada em... outros lugares também.
— Onde?
— Onde a pessoa quiser, Daphne, onde ela quiser. O objetivo é ter prazer. Ou ter bebês, entendeu? Ou os dois.
— E é isso que dá um sem-fim de trabalho?
A mãe riu. Riu bastante antes de continuar.
— Não, minha filha, o que dá trabalho são todas as outras coisas que precisam ser encaradas para que duas pessoas façam sexo consensualmente e estejam numa relação.
A cor de Daphne agora estava entre o vermelho e o roxo.
— Muito bem — a mãe continuou —, o fato é que o Apolo queria fazer sexo com a Daphne porque o Cupido o tinha flechado, mas a Daphne não queria, entende?
— Por que ela não queria ter prazer nem bebês?
A mãe ficou pensativa por um instante.
— Porque ela não queria nenhuma dessas coisas *com ele*. Porque as duas pessoas têm que querer. Se uma delas não quer, é um estupro. E isso é muito errado. É um crime muito violento. Um ato hediondo, entende?
Ela fez que sim com a cabeça.
— Nunca, minha filha, nunca deixe que homem nenhum te toque sem que você queira.
— E uma mulher?

— Ninguém, nem homem nem mulher, pessoa nenhuma. Sem que você queira, ninguém. Só você mesma pode se tocar. E eu, porque sou sua mãe, se você me permitir, para coisas específicas, como no banho. Ou uma médica, para te examinar. Mas só se eu estiver junto. Caso contrário, grite.

A mãe olhou pela janela. Pensava nas pequenas agressões cotidianas do casamento, da maternidade, dos projetos de vida frustrados. E tropeçou nas memórias da prisão.

Ela já não construía uma narrativa. Era como ter fotografias espalhadas na memória. Daphne e ela segurando as mãos uma da outra. Daphne no chão, nua, machucada. Fechava os olhos e as cenas vinham prontas. Nem sabia se eram ou não imagens fidedignas. Suas próprias pernas lanhadas. Os esfolados do corpo. Os hematomas. O dente. Coturnos. Dentes à mostra. Tudo se despersonalizava. Água. Água. Água. Água salgada, sentia estranhamente. O chão frio. Eram coisas. Itens voando no tempo, num espaço úmido de escuridão. Baldes de água salgada. As duas boiando no chão de cimento. Ela não conseguia e também não queria que se tornassem filmes. Aqueles fragmentos já eram dolorosos por si.

— O que aconteceu depois, mãe?
— Depois do quê?
— Depois que a Daphne não quis o Apolo. O que aconteceu com eles?
— Com a Daphne e o Apolo... ah, sim. — A mulher voltou a si. — Quando o Apolo conseguiu agarrá-la, ela pediu ajuda ao pai dela, que também era um deus. E sabe qual foi a ajuda?

— Qual foi?
— Ele transformou ela num loureiro!
— No quê? Num papagaio?
— Não, numa árvore. De louro.
A mãe riu e desta vez abriu outra gaveta. Tirou uma folha de dentro de um saquinho de pano e deu para a menina cheirar.
— É isto aí. Eu uso no feijão, no molho de tomate, às vezes numa sopa, mas só um pouco. Cheiroso, não é?
— É.
A menina ficou brincando com a folha seca.
A mãe pegou mais folhas de louro, colocou no cabelo da menina, atrás das orelhas dela e atrás das suas também.
— Nas Olimpíadas, eles faziam coroas de louro para premiar os vencedores. Então foi como se fosse uma homenagem para a Daphne. Ela foi o prêmio.

A amiga contou a história e não precisou explicar por que tinha voltado mais arrebentada do que na noite anterior. Disse que não importava o que havia acontecido, ou como; o importante é que ela tinha dito não, que havia negado toda e qualquer possibilidade, que metera uma bicuda e uma mordida num dos oficiais, o qual fora ridicularizado pelos outros e depois, obviamente, descontou nela. Relatou isso apenas dias depois, quando teve mais forças para falar. Naquele momento, nenhuma delas seria salva por um pai ou por um deus. Sentiu um aperto no peito e saudade da amiga. Ali foi a última vez que demonstrou ternura, acolheu a amiga no colo e adentraram num tempo suspenso. Daphne, com a boca rasgada, buscou na sua algum conforto que ela não soube dar. Estava assustada. Abraçou a amiga. Ninou-a. Foi isso, apoio mútuo. Não se salvaram exatamente, mas de algum modo se salvaram.

* * *

—Que homenagem esquisita.
—É bem esquisita mesmo. Sua avó também usava folhas atrás da orelha, pra espantar coisa ruim. Arruda, louro, alecrim. Ela sempre tinha um raminho.
—Coisa ruim tipo mosquito?
A mãe riu.
—Sim, tipo mosquito, mas também outras espécies de sugadores. Uma vez eu cheguei em casa depois de um momento difícil, cheguei machucada porque eu tinha, bom, eu tinha brigado. Muito. E sua vó me fez uns chás e me pôs emplastros de ervas até eu ficar boa.
—Demorou?
Ela ficou séria por um instante, não soube o que responder. Cheirando uma das folhinhas, a menina fez outra pergunta:
—Mãe, deus pode tudo?
—Como assim?
—Apolo era um deus, né? E deus pode tudo, não pode?
—Não minha filha, nem deus pode tudo.
Barulho de chave na porta de entrada do apartamento, mãe e filha viram o pai chegar. As duas congelaram. Ele deixou sua pasta em cima da mesa e olhou para elas. Imóveis. Elas olharam para o homem, movendo apenas os olhos. Ele se aproximou sem dizer nada, inclinou a cabeça para um lado e para o outro, como se para conferir alguma incongruência na fisionomia delas. Aproximou uma das mãos da face da mulher, a outra da face da filha e rapidamente retirou as folhas de louro presas no cabelo delas e atrás das orelhas.
—O que é isto? Por onde vocês andaram, que estão com mato até nas orelhas? —Ele ri imensamente. —Por onde andaram as minhas meninas?

Não esperou resposta, foi apenas uma fala de regurgitação. Amassou as folhas e as jogou na pia. Depois sentou-se à mesa com um prato cheio de comida e comeu na paz de quem tinha cumprido o dever de cuidar de sua família. Olhou para as duas, imóveis no tempo. Sorriu e continuou comendo, alheio àquele mundo. Depois saiu da mesa, pegou a pasta, deu um beijo em cada uma e avisou que precisaria voltar logo ao escritório, pois tinha uma reunião. Disse que nem poderia ter vindo almoçar em casa, mas que preferiu dar uma passada, qualquer coisa assim, uma explicação nula. Nenhuma delas respondeu nada. Duas árvores imóveis e observadoras. Prêmios. Depois que a porta se fechou às costas do homem, a mãe puxou a cadeira, se postou bem na frente da menina e repetiu:

— Minha filha, nunca dependa de homem nenhum. Nunca dependa de ninguém.

Daphne fez que sim com a cabeça. Sentiu um medo gigantesco se avolumar em seu peito pequenino.

A mãe se virou, abriu a gaveta, tirou dali outro cigarro e acendeu. Pegou a lista telefônica e passeou os dedos pelas páginas, à procura de Daphne, sem saber seu verdadeiro nome, sem saber de seu paradeiro, sem saber de nada. Uma busca perdida, mas não inútil. Pegou um bolo de dinheiro em uma lata, fez alguns cálculos em uma folha e desta vez fumou lentamente seu cigarro até o fim.

Cratera

Na nossa terceira tentativa de pouso, vomitei em um saco de papel quando o aviãozinho arremeteu. Pista curta, pensei, e ao olhar para baixo não vi nada além de pedregulhos.

— Tudo bem, acontece — a pilota disse, fazendo um ok com os dedos.

Olhei constrangida para dentro do saco, um líquido viscoso e amarelo, espuma branca com cheiro adocicado. O que foi que eu comi? Pode ser o sorvete de ontem à noite. Foi ontem à noite? Respirei um pouco o ar do saco e reconheci uma fração do cheiro de baunilha com leite. Senti uma mão nas costas, uns tapinhas como que dizendo já passou. Me virei.

— Parece que estamos na Lua — a doutoranda em geografia, disse com a testa colada na pequena janela oval. Afastou o braço de perto de mim enquanto fazíamos uma curva baixa e terrivelmente balançante. — Eu sempre quis vir aqui, mas nunca vim. Inuktitut, faz sentido.

Fechei o saco, dobrei duas vezes a abertura dele e o deixei

embaixo do banco. Depois me virei para ela com cara de quem não tinha entendido.

— Pingualuit significa manchas ou espinhas na pele. Essas causadas pelo frio extremo — apontou para a paisagem.

Passei a mão no rosto involuntariamente, depois molhei os lábios com a língua. Continuava enjoada.

— No inverno não se vê assim — disse a pilota. — Um dia trouxemos a coordenadora do projeto de turismo de Nunavik aqui, e a cratera, a paisagem, era tudo outra coisa. Branco. Muitos tons de branco, aliás. — Depois ela voltou a se concentrar no que deveria ser a nossa pista de pouso.

— Este lugar sempre parece outro.

Há 1,4 milhão de anos, um meteoro fez surgir um círculo perfeito, uma cratera, que tem a segunda água mais pura do mundo. Pingualuit. Um olho azul e translúcido no meio da tundra, no Ártico. Antes de pousar, passamos ao lado dele, e o reflexo da nossa pequena aeronave pareceu um cisco rasgando sua retina perfeita.

Duas vezes por ano, uma equipe de pesquisadores da Laval University, no Quebec, agora liderada pela professora Pauline Moreau, visitava o Parque Nacional de Pingualuit, durante o verão e o outono, para coletar amostras de água e pedras, mas também para estar lá, naquele lugar. Mágico, segundo as cientistas. Me inscrevi como voluntária para estar nessa equipe, uma espécie de assistente faz-tudo. Nunca pensei que me chamariam, mas parece que a pessoa que viria teve um problema. Ligaram para mim. Arrumar malas com os materiais, organizar e higienizar os recipientes, levar as malas para o aeroporto, depois arrumar tudo no microavião que nos conduziu até lá, sacudindo no vento gelado. Qualquer estudante poderia fazer aquilo, não era tão difícil.

Olhei para a tundra riscada de fissuras, declives, fendas e espelhos d'água. E depois para o céu azul salpicado de nuvens branquíssimas, hipnotizantes. Por um segundo, esqueci que estávamos prestes a pousar, até que Louisa, a pilota, nos fez sinal de que, agora sim, conseguiríamos. Ela endireitou o aviãozinho no sentido do que, naquele momento, descobri ser de fato a pista: um caminho sem fendas nem pedras nem frestas maiores e com alguma graminha verde crescida. Da janela vi que nos aproximávamos cada vez mais. Eu já conseguia enxergar o limite dos eixos. As rodas os tocaram de leve e deslizamos pela pista até parar.

Desci do avião com as pernas trêmulas. Sacudi os braços e, ao desembarcar, Pauline se aproximou para me dar outro tapinha nas costas e dizer:

— Tome um chá, descanse um pouquinho. Deixe para tirar as coisas do avião depois. Louisa ainda vai ficar aqui hoje, então não há pressa.

— Certo.

— A viagem é um pouco cansativa, mas estar aqui compensa — ela disse, depois piscou um olho pra mim e sorriu.

O acampamento se resumia a cinco ou seis casinhas, todas com a mesma estrutura. A energia era solar e vinha de um gerador, as fossas ecológicas, o interior simples, mas muito bem equipado e estranhamente decorado, como se tivessem feito um pouquinho de esforço a mais para não deixá-lo apenas funcional. Os lençóis das camas tinham motivos florais e na minha mesinha de cabeceira havia um abajur, um guia do Parque Nacional de Pingualuit e um bilhete: *Bem-vindos ao acampamento de Manarsulik! Não fique aí, vá dar uma volta!* Deitei e fechei os olhos pelo que acreditei terem sido vinte minutos.

— Natalia?

— Sim? — respondi, já sentada na cama, a mochila encostada nos meus pés.

— Quando você estiver restabelecida, já pode tirar as coisas do avião e trazer para cá, ok? Sem pressa. Vamos centralizar o material aqui, mas não precisa ser agora. — A doutoranda em geografia entrou na cabana, pedindo licença. — Pode ficar ali — Pauline disse a ela, apontando a outra cama.

Puxei minha mochila para o lado, abrindo passagem naquele espaço exíguo. Depois me levantei um pouco desajeitada.

— Tomou seu chá? — perguntou Pauline.

— Não. Ainda estou um pouco... — Minha cabeça pairou sobre as ideias e não pude concluir a frase.

— Eu faço um chá pra ela — a doutoranda disse a Pauline, dando passos certeiros em direção ao fogão, depois abrindo armários e gabinetes como se conhecesse bem o espaço.

— Vou pegar as bagagens, as caixas e os equipamentos no avião. Já estou melhor. Depois tomo o chá.

Saí da cabana tropeçando e no meio do caminho encontrei uma pessoa imensa de camisa de flanela xadrez grossa, colete de náilon por cima e calça jeans.

— Bom dia, sou Toot — estendeu a mão —, guia, zeladora, faz-tudo e moradora desta pequena comunidade.

— Prazer. Natalia. Faz-tudo também.

— Ah, que ótimo encontrar uma colega de profissão! — Sorriu. — Como vai?

— Tudo bem. — fomos andando na direção do aviãozinho

— Pra que lado é a cratera mesmo?

— Pra lá. Está vendo aquela elevação?

— Sim. Quanto tempo até lá?

— Uns quarenta minutos. Não é tão longe, mas o caminho é bastante acidentado. Ponha um sapato firme quando for lá. — Pisou forte com sua botina no cascalho para mostrar o tipo correto de calçado.

— Certo. Obrigada.

— É sempre bom pisar com firmeza neste chão — fez uma careta —, mas talvez não seja o seu caso. — Ela me olhou e sorriu com os olhos quase fechados. — De onde você vem?
— De muitos lugares. — Sorri honesta e confusa.
— Que ótimo! Bem, eu vou indo. Pise firme, mas leve, nunca se sabe.

Depois que terminei de organizar o material, que se resumia a recipientes plásticos e de vidros, muitos papéis, uma impressora velha, câmeras fotográficas e algo que lembrava um micro-ondas, me sentei na cama. Minhas mãos estavam geladas e doloridas e constatei alguns cortes e arranhões que o manejo tinha ajudado a ressaltar.

Abri o guia do Parque Nacional de Pingualuit aleatoriamente: *Com um diâmetro de 3,4 km e uma circunferência muito superior a 10 km, a cratera de Pingualuit distingue-se por sua simetria perfeitamente circular; trata-se de um espelho, ou de um olho de cristal, como é chamada.* Disse a mim mesma: olho de cristal, quatrocentos metros de profundidade... Em seguida, abri numa fotografia em preto e branco, *20 de junho de 1943*, provavelmente tirada por um oficial da Força Aérea do Exército dos Estados Unidos.

— Seu chá deve estar morno — a doutoranda disse e apontou para uma caneca na mesa.
— Ah, obrigada.

Estava mesmo. Abri novamente o guia e parei na fotografia de um grupo de pessoas no topo da elevação, antes de alcançarem a cratera. Um dos rostos me chamou a atenção.

— Podiam ter colocado essa tralha toda em outra casinha, né? Vamos ficar amontoadas aqui. — A doutoranda bebeu um gole de chá. — Seu nome é Natalia, certo?

— Sim. Desculpe, não me apresentei. É que foi tudo tão rápido lá na pista de pouso e eu... Confesso que não me sinto muito confortável em aviões, muito menos daquele tamanho. Sou a assistente, também conhecida como pau pra toda obra. Tu é a nova pesquisadora, mas não sei teu nome.

— Pesquisadora é elogio seu — ela disse, sorrindo. — Sou só uma doutoranda, também conhecida como capacho da Pauline. Meu nome é Ruby.

— Nome bonito... — Um rubor me traiu. — Está ótimo o chá, Ruby.

Ela sorriu. Dei um grande gole no meu chá, deixei a xícara na pia e saí para fumar, intrigada. Sentei em uma pedra afastada. Não gosto de que me vejam fumando. Ninguém mais fuma. Acendi. Toot saiu de trás de uma pedra alta.

— É proibido fumar aqui.

— Desculpe. — Eu estava me abaixando para apagar o cigarro no chão, quando vi Toot rindo.

— É brincadeira — ela disse —, desculpe eu. Fico muito tempo sozinha aqui, nem sei mais conversar. Digo sempre as mesmas coisas e faço sempre as mesmas piadas. Não dá bola pra mim.

Traguei longamente enquanto Toot me olhava. Estendi o maço e ela pegou um.

— Como é morar aqui?

— Eu não moro aqui. Moro em Kangiqsujuaq, um assentamento mais ao norte de Nunavik. Mas passo bastante tempo aqui. Às vezes semanas direto. Agora tem duas semanas que estou aqui, mas é porque briguei com Ágata. — Ela torceu a boca e fez que sim com a cabeça. — Pois é, minha esposa — bateu com a ponta do dedo na aliança —, mas é besteira, ela não está zangada de verdade, nós nos falamos pelo rádio. É que o nosso gato está doente e eu quero — soltou ar pelas narinas —, eu quero...

bem, o tratamento é muito caro. Ele está velho, não sabemos se aguenta, mas quero que ele passe bem seus últimos dias. E nós temos algumas discordâncias quanto a isso. O que acha?

— Ah, complicado mesmo. — Eu não sabia bem o que dizer.

— Pois é isso que eu digo, uma hora estou fazendo piadas e, em seguida, pedindo conselhos veterinários. Ágata diz que eu me tornei uma velha esquisita. Eu já disse pra ela que sempre fui assim.

— As esquisitas são as melhores.

— É, pode ser. Sobre morar — fez aspas no ar — aqui, posso dizer que é bom. Meio solitário, mas bom. Os turistas estão vindo cada vez mais, de todas as partes do mundo, e às vezes temos algumas formações para guias, as reuniões são legais. Fico bastante ocupada quando há pessoas aqui, entre o meu trabalho e as minhas esquisitices, sabe?

Sorri e balancei a cabeça rapidamente de um lado para o outro.

— Este lugar parece meio mágico, meio assombrado. — Olhei ao longe. — Nunca pensei que um dia eu estaria num lugar assim.

— Você disse a coisa certa. Nós somos fantasmas aqui. Ciscos. A idade do mundo fica mais evidente nesta paisagem.

Toot me contou um pouco sobre o lugar e sobre a cratera. Parecia fascinada, mesmo estando aqui *há mil anos*, como ela disse. Ficou uma boa meia hora falando. O que retive foi que a cratera já havia se chamado Chubb, nome do garimpeiro que a descobrira. Acharam que ali haveria diamantes, mas não há nem nunca houve. A cratera foi avistada pela primeira vez por um combatente do mundo ocidental — achei engraçado o modo como ela disse *mundo ocidental* — durante a Segunda Guerra, quando pilotos de caça a usavam como referência para seus voos na região. Contou também que algumas pessoas acreditavam que a cratera fosse um portal para outra dimensão. E havia quem dissesse que ali era um lugar assombrado.

— Um portal?

— Isso mesmo.

— E o que tu acha disso?

— Eu acho que tem muitas coisas que não podemos compreender neste mundo velho. Por exemplo, agora já sabemos que a cratera foi aberta por um meteoro, mas ainda não sabemos como os peixes foram parar lá.

— Um lugar tão inóspito... Tenho a estranha sensação de que já estive aqui.

— Todas as pessoas já estiveram aqui, de algum modo. Essa é a mágica.

— Posso ir até lá sozinha ou preciso de um guia, de uma equipe?

Toot riu, soprou a fumaça e depois apagou o terceiro cigarro. Estendeu a mão para que eu entregasse minha bituca para ela.

— Eu cuido deste lixo. Junte todas as bitucas, não ponha com o resto do lixo. Eu organizo o sistema de resíduos aqui, depois queimamos essas encrencas, certo?

— Certo.

— Se você for agora, pode ir sozinha, mas tente voltar antes que a luz fique mais fraca, porque depois o caminho te engana. É como estar numa casa de espelhos, sabe? E há pedras, frestas, sabe; é fácil torcer o pé. Leve uma lanterna e uma mochila com pouca coisa. Na beira do lago, há caixotes brancos e grandes com itens de primeiros socorros. Há cobertores térmicos, comida, água, lanternas, coisas para fazer fogo e sinalizadores.

— Nossa!

— Você vai ficar bem. Crianças vão lá o tempo todo. Ontem mesmo havia um grupo de crianças de sete, oito anos aqui.

O cuidado é... — Ela me olhou de cima a baixo. — Pra você o perigo seria se perder no tempo. Eu, particularmente, não recomendo, mas se acontecer você vai ficar bem.

— Por que não recomenda?

— Você não parece acostumada a lidar com forças invisíveis.

— Ah, as assombrações... — Ondulei os dedos perto do rosto e sorri, mas ela permaneceu séria.

Fiquei um pouco constrangida. Olhei mais uma vez para o cenário em volta. Esplendoroso. Tudo meio que se refletia. Pauline vinha caminhando com Louisa.

— Natalia! — Pauline acenou, como se eu pudesse não vê-la. — Pensamos em não trabalhar hoje, comer alguma coisa e depois visitar o lago Manarsulik. Dizem que o pôr do sol lá é belíssimo.

— Eu queria ir à cratera hoje — e eu já tinha trabalhado.

— Não pensei nisso, mas se você quiser ir, é um passeio bonito, de umas três horas. Melhor ir agora, não é, Toot? Depois nos encontre no lago para comermos alguma coisa e conversarmos. Toot vai fazer um cozido para nós.

— Vou, sim — disse Toot. — Aliás, *vamos*, porque vou precisar da ajuda de vocês duas. — Apontou para Louisa e Pauline.

— E você — ela disse, me olhando — pode ir fazer o seu passeio, mas fique atenta.

— Certo. — Só que eu não acredito em forças invisíveis nem em portais mágicos, pensei em dizer, mas achei melhor não.

Toot sorriu e ergueu as sobrancelhas para mim, como se tivesse me ouvido. Voltei para a cabana, peguei meu caderninho, minha mochila de caminhada e o guia. Abri. A *água translúcida, alimentada apenas pela chuva, é considerada a segunda água mais pura do mundo (a primeira é o Lago Mashu, no Japão).* Folheei mais algumas páginas: *Quanto ao mistério dos peixes que vivem no lago, os cientistas ainda não chegaram a um consenso. Como teriam chegado lá? Não há fluxos de água entrando ou saindo, não há conexões internas. O resultado disso é que os peixes se voltaram ao canibalismo, para garantir sua sobrevivência.* Credo. Folheei mais, para tentar encontrar a foto novamente. Desisti.

Saí caminhando pela tundra em direção a um elevado pedregoso que lembrava muito uma duna de areia dourada, ainda mais naquela hora em que o sol incidia estranhamente sobre a paisagem, confundindo o tempo e as ideias. Olhei para o chão, os cadarços do meu coturno estavam frouxos, me sentei em uma pedra mais alta para amarrá-los. Tirei o caderninho do bolso, a caneta, ensaiei algumas frases que falavam sobre *comer-se a si*, anotei algumas linhas, coisas que eu escrevia para recorrer a elas em algum futuro. Fiz toda a subida olhando para o chão, para a próxima pedra em que me seguraria e, quando dei por mim, já estava lá em cima. Notei que descer o elevado da cratera em direção ao olho d'água seria a pior parte. Parei um tempo ali para compreender o tamanho daquele evento. Vista da borda, a cratera era tão ou mais impressionante do que vista do avião. De repente, sua imensidão me atingiu e comecei a chorar. Ciscos, eu disse. Repeti o que Toot tinha falado. Somos ciscos. Jamais estive num lugar tão antigo, pensei com estranhamento. Não é o mundo todo antiquíssimo?

Um meteoro colidiu com a Terra neste ponto. Li que um impacto desse é mais ou menos oito mil e quinhentas vezes mais forte do que foi o da bomba de Hiroshima. Não sei exatamente o que isso significa, não sei nada sobre esse impacto, acho que ninguém saberia medir em sensações. Pisar onde algo enorme e vindo de muito longe caiu. Caiu? A cratera brilhava sinistra. Eu já não sabia se era o sol que a fazia brilhar, pois a luz estava sumindo e nada dizia sobre a modulação das horas, de modo que

perdi a noção do tempo. Há 1,4 milhão de anos. Nunca achei que este tipo de pensamento me acometeria, mas pensei que eu poderia morrer ali. Poderia desaparecer, ser tragada pela terra, saltar para dentro do lago e sumir nas suas profundezas, me tornar uma pedra. Uma assombração. Desci até a beira do lago, parte dele tomada pelo gelo. Quando me agachei, a luz já tinha mudado de novo.
— O que você está fazendo aqui?
Caí sentada. Olhei para todos os lados e não vi ninguém. Olhei para cima, olhei para longe, tentando encontrar uma silhueta humana. Nada. Abri o guia e liguei a lanterna no lusco-fusco: *Grandes pedaços de granito e substrato rochoso fraturado, relíquias da glaciação durante a última Era do Gelo; impactitos, resultado do estilhaço do meteoro e derretimento durante o impacto, crivado de pequenos buracos, evidência de quando os minerais dentro se liquefaziam e borbulhavam com o calor extremo e a pressão da colisão.*
Nada sobre fantasmagoria, sobre forças invisíveis.
— Você não tem um guia?
Olhei novamente ao redor. Nada.
— Tenho — eu disse e ergui o livro em resposta à voz.
— Este é o *meu* guia. Perguntei do seu.
— Não tenho — respondi, insegura.
— Eu vi você escrevendo.
— Como? Quem está falando?
— Eu vi. Sou um olho. Eu vejo. Vejo até o que você esconde. Vejo o que você ainda não sabe e o que não sabe mais. Vejo o impossível, o que você nem sabe que existe.
Me encolhi na areia e no cascalho e respirei fundo.
— Sério... — Ruby saiu de trás do caixote branco de primeiros socorros que eu nem tinha notado e veio puxando dois sacos de dormir e cobertores térmicos. — Me ajuda, melhor fazermos fogo e comermos alguma coisa quente.

— Eu sabia que era tu...
— Eu? Você estava falando sozinha e achei melhor intervir. Dizem que é comum as pessoas delirarem aqui, que o lugar é mágico — ela disse, erguendo e balançando as mãos abertas, com uma careta que eu não sabia dizer se era de ironia ou não.
— Quer dizer, não sei se "delirar" é bem a palavra. Dizem que é comum as pessoas comungarem com o invisível de maneiras imprevisíveis.

Senti uma mão revolver meu interior.
— E o que tu tá fazendo aqui?
— Vim pensar na vida, fazer umas fotografias e me perdi neste sumidouro.
— Isto não é um sumidouro.
— Metafórico.
— Ah, sim.
— Eu sou a geógrafa, lembra?
— Desculpa.

Nos sentamos próximas, estava mesmo esfriando. Ruby me ofereceu um gole de alguma coisa que tinha numa garrafinha metálica bonita.
— Não, obrigada.
— Ajuda no frio. É uísque.
— Tá bom.
— Natalia...
— Sim?

Ruby ficou tensa um momento. Depois disse, direta:
— Já contemplou a morte como horizonte?

Fiquei estarrecida ao ouvir aquilo, porque era exatamente a formulação que eu tinha feito no meu caderninho. Antes de responder, eu o abri e reli: *Tudo sumiu. Literalmente. Ou quase isso. Parei de enxergar, sentada na beira, enquanto meus pés balançavam sobre o grande nada que se abria diante de mim pronto*

para me engolir: tenho que contemplar a morte como horizonte. Não teve desespero, esse sentimento nunca tinha vindo assim, nesta estranha e triste paz.
— Está escrevendo uma história?
— Mais ou menos. É um diário... memórias.
— Como assim?
— Não escrevo sobre o dia no dia, mas o que me lembro de algum dia aleatório. — Fiquei quieta enquanto ela me encarava.
— O estranho é que... — Abri o caderninho e mostrei a frase.
— Hãh. — Ela levantou as sobrancelhas. — Quer dizer que você está aqui também por um chamado.
— Não sei. Tu tá?
— Não sei. Eu, eu... tenho uma menina pequena. Acho que preciso te dizer isso. É que eu disse a ela que estava contemplando a morte como horizonte, sentada na beira da cama, enquanto meus pés balançavam sobre um imenso nada, como você disse aí.
— Tu mexeu nas minhas coisas enquanto eu estava...
— Claro que não.
Tirei um cigarro do maço, acendi. Ofereci para Ruby, mas ela ergueu a palma das mãos e sacodiu a cabeça.
— Onde ela está? — perguntei, soprando fumaça. — A tua filha.
— Em casa com a minha mãe.
— Tá. E o que aconteceu depois que você disse pra ela que estava contemplando a morte como horizonte?
— Ela me perguntou o que era "contemplar". — Ruby olhou para longe. — Deduzi que morte ela sabia o que era, horizonte também.
— E o que tu respondeu?
— Que contemplar era um encantamento, um olhar de encantamento. Ela ficou bastante introspectiva, depois sorriu e foi desenhar.

— Crianças...
Ruby não disse nada, ficou me olhando por um tempo.
— Rolou alguma coisa entre a gente?
Olhei para ela. Era uma mulher bonita, parecia muito calma e atenta.
—Acho que sim. Afinal, eu tenho contemplado a morte como horizonte. Acho que compartilhamos algo bastante íntimo além do chá. Mas não foi por isso que eu vim aqui. Acho que foi pra me desviar disso.
— De mim?
— Não, da morte.
Ela se aproximou e me beijou. Um beijo gostoso, fresco, molhado de uísque. Deslizou os dedos pelos meus braços e pôs a mão sobre a minha. Senti vontade de chorar de novo. Fechei a boca levemente e abri os olhos. Ela passou a ponta do nariz na minha bochecha, sorriu e se afastou.
— Quer café? Só tem solúvel. — Ela sacudiu dois sachês que tirou do bolso.
— Quero.
Virei para trás, tentando correr os olhos por aquele sumidouro, mas ele tinha se alastrado ao meu redor. Senti um estranho vazio na região do plexo, como se a cratera tivesse se instalado em mim. Me encolhi um pouco. Pousando a mão nas minhas costas, como se quisesse tapar um buraco, Ruby me entregou a xícara.
— Já?
Ela se sentou ao meu lado.
— A gente se conhece de onde? — perguntei.
— Não sei se nos conhecemos deste mundo, desta vida.
— Eu não acredito em outros mundos, em outras vidas.
— No que tu acredita?
— Em outras coisas igualmente inacreditáveis, mas deste mundo.

Rimos. Bebemos o café solúvel aromatizado que lembrava um pouco o vômito de mais cedo, só que, para minha surpresa, era muito satisfatório...
— Quem inventou a felicidade não fazia ideia do plano — eu disse.
— Do que você está falando?
— Sei lá, está escrito aqui no meu caderno. Tudo riscado ao redor.
— Você também viu a foto, não é?
Um peixe apareceu na beira do lago.
— Vi.
— Não te deu medo de ficar aqui sozinha?
— Não estamos sozinhas.
— Antes.
— Não fiquei muito sozinha, tu logo chegou.
— Posso ler?
Entreguei o caderno.

O cuidado com que cultivamos esse sumidouro que a vida vai se tornando é uma delicada e quase imperceptível ~~neurose~~ tentativa de amor. O gosto frutuoso das expectativas no espelho lúcido, as projeções pessoais, coletivas, o espaço à nossa frente, que preenchemos todos os dias com coisas lógicas, medo e um pouco de ternura, transformados em acidentes metafísicos, esquecimentos futuros nos fazendo pensar que já são tantas as sucessões, tantos anos desde o princípio. Suspensão às avessas

Estávamos fincadas naquele chão havia muito tempo. A cratera, ali, indiferente.

Ruby me devolveu o caderno.
— Por que tu veio pra cá? — perguntei meio cansada.
— Quer mesmo saber?
— Sim.
— Quando eu estava terminando a faculdade, tive uma crise de gastrite.

Devo ter parecido um pouco confusa e ela percebeu.
— Calma, é uma história comprida.
Assenti e fiz sinal para que ela continuasse.
— O corpo não aguentou o estresse, as dívidas assumidas, que eu demoraria anos e anos para pagar, o assédio dos chefes no estágio mal pago, a namorada toxicômana e obcecada em discutir com profundidade e a intensidade de uma broca de furadeira toda e qualquer questão que se apresentasse para ela sobre a vida. Um dia eu não aguentava mais ouvir ela falar e me servi de um copo de vinho, desses vinhos baratos, meio vagabundos, um vinho que eu já havia tomado outras vezes. Servi o copo até a borda, tomei tudo e, assim que a bebida bateu no estômago, me dobrei como um tsuru. Só que ao invés de me trazer boa sorte, trouxe mau agouro. Eu disse a ela que algumas coisas não precisavam de tanta explicação, que algumas coisas eram do domínio dos mistérios. Depois disso a gente terminou. Fiz minha primeira endoscopia a seco, levantando a cabeça de tempos em tempos, involuntariamente, soltando arrotos e jurando a mim mesma que nunca mais colocaria uma gota de álcool na boca, porque não queria passar por aquilo de novo. A médica nunca ofereceu qualquer tipo de anestésico. Assim que me liberou do procedimento, fui zonza para a universidade, eu tinha uma aula importante, não queria faltar. Não me ocorreu conversar, pedir uma folga, ir para casa e falar com a professora sobre a gastrite, que a médica adjetivou como nervosa, pedir dispensa e ir para casa. Nem sobre a ulceração que meu estômago produzia. Passei dias andando meio curvada, comendo melão e arroz, que era o que tinha na geladeira. Quando a dor passou, decidi não ficar mais nervosa com nada. Assim, quando aconteciam coisas estranhas ou ruins, ou das quais eu não gostava muito, atirava meus sentimentos num buraco sem fundo dentro de mim e eles desapareciam. Eu não me importo, eu dizia pra mim mesma. Primeiro

foram coisas bobas, um tropeço na rua, a perda de algum objeto, depois joguei longe a tristeza pela morte de pessoas queridas, frustrações grandes e pequenas, vergonhas, arrependimentos. Aí comecei a lançar no buraco alegrias desmedidas, o riso frouxo, a compreensão. Tudo. Fingir que não me importava com nada era mais fácil, tão fácil que chegou a ponto de eu não saber mais se estava fingindo que sentia ou se estava mesmo sentindo algo verdadeiro. A Ruby é blasé. Blasé não é deprê, eu dizia. Os sentimentos não digeríveis que meu entorno me obrigava a fabricar eu queria fazer sumir. Só isso. Daí fiquei grávida. Você sabe como essas coisas acontecem.

Um vento bateu e gastei um tempo tirando o cabelo do rosto, pensando no que dizer, em como perguntar objetivamente alguma coisa para a qual, por certo, não havia resposta. Ela seguiu.

— Passei dois anos cuidando de um bebê, sem dormir, sem comer direito, sem conseguir cagar em paz. Parece um registro injusto da vida, mas foi assim mesmo. Ignorei todo o resto e me abandonei porque estava apaixonada por um bebê. Intoxicada de hormônios. Pela primeira vez, enxerguei o sumidouro me extrapolar, eu não tinha mais controle sobre o quê ou quem engolia ou deixava de engolir. Em alguns momentos soltei a mão da menina à noite e, em outras noites, enquanto beirava, pé ante pé, a margem do sumidouro, pensei em me jogar. Comecei a sonhar com essa cratera; quer dizer, não era bem essa cratera, mas eu não sabia. Comecei a fazer fotografias e colagens com uma cratera redonda sempre em algum ponto da imagem. Foi a primeira vez que encarei o sumidouro com uma forma, e digo "encarar" porque ele tinha mesmo um rosto. Um rosto medonho. Seria fácil me jogar lá dentro e ser estraçalhada, deglutida, sem que sobrassem vestígios. Essa aniquilação era quase um fetiche. Uma noite, enquanto ofegava assistindo à imagem da queda se repetir, da minha queda, os olhos foscos, o estômago embrulhado

num pacote de ansiedades, amarradas com arame farpado, tive uma visão. Era tu. E tu me disse uma coisa.
As palavras escorreram da minha boca:
— A cratera as engoliu.
— Isso. Depois passei a te encontrar com mais frequência.
— Ruby ficou quieta. — Nunca pensei, nunca pensei que fosse te encontrar, em todos os lugares, mas tu nunca lembra de nada de verdade. É como se existissem milhares de Natalias. E toda vez preciso de uma artimanha. Não sei como explicar, eu desisti de convencimentos e, desde então, tem um momento em que tu sempre aceita.
— E por que eu aceito?
— Porque você lembra.
Franzi a testa e tremi de leve a cabeça, como quem pede explicação.
— Tá. Lembra uma vez que eu saí do quarto e tu me perguntou como tinha sido a terapia, e eu disse que tinha sido estranho como sempre?
Eu lembrava.
— Naquele dia, naquela visão, fizemos uma promessa.
Eu já não sabia se estava delirando ao ouvir tudo isso, se estava drogada, não entendia nada dessa sucessão de acontecimentos.
— Fiquei com vergonha e com medo de te contar a verdade, por isso todos os dias, durante meses, naquele mesmo horário, eu entrava no quartinho e ficava falando sozinha, escrevendo textos como este que você escreveu aí no caderno. E quando eu saía a gente se encontrava e você me perguntava sobre os processos de cura e sobre as narrativas. Não menti pra você quando eu disse que as coisas estavam melhorando com aqueles encontros. Eram encontros de verdade. E um dia você me perguntou, depois de muito tempo, do nada...
— ... se tu ainda contemplava a morte como horizonte — eu completei.

— Isso. Entendi que essa frase pesava no seu coração, pesava no meu também, e respondi que não, que era uma verdade momentânea. Você me abraçou e passou a mão nas minhas costas como se aplicasse um rejunte, um reboco no buraco das minhas costas, como se com esse gesto pudesse conferir uma camada final de proteção no que eu havia erodido ali.

— E a gente caiu.

— Dormimos, eu diria. — Ruby fez uma pausa para jogar um seixo.

— Mas não era sonho?

— Não. Não é sonho.

— Então a gente se conhece?

— Sim. Teve a vez em que nos encontramos no metrô de Nova York, a vez em que estávamos nadando em uma ilha do Caribe colombiano... Me lembro sempre de todos os momentos, não sei exatamente como isso acontece nem o que é realidade e o que não é. E você só se lembra quando eu te conto. A vez em que tivemos a menina.

— O que significa isso?

Uma rajada de vento nos interrompeu por instantes.

— Nada. Anos depois, a caminho de outra gastroenterologista, para investigar um outro problema, enquanto eu andava cabisbaixa, alheia à cidade, senti um toque leve na mão. Parei, ergui os olhos e vi uma mulher. Achei que fosse você disfarçada, mas você não gosta de disfarces. Você é sempre você. Apesar de mudar.

— Eu nunca usaria um disfarce.

— Eu sei. Naquela fotografia de hoje, eu vi que você ficou atordoada quando se reconheceu.

— Não, eu só achei a semelhança um tanto assombrosa. Era eu?

— Sim, já nos encontramos aqui outras vezes. Em outros tempos.

— Mas tu disse que nunca tinha estado aqui.
— Nunca estive. Era outro mundo.
Fiquei quieta, com uma expressão séria. A cratera rugiu. Ruby continuou.
— É que tudo sempre finda. — Ela parou de falar e olhou para a escuridão.
— E o que ela disse?
— Você sabe o que ela disse.
Espremi os dedos dos pés dentro dos coturnos no chão pedregoso. Eu sabia.
— Ela disse que eu era uma mulher de muita sorte e de muita tristeza, que não se muda a sorte, que este é o meu presente, o presente das minhas raízes, estar nos lugares certos, tomar boas decisões, que a sorte também é construída pelas nossas escolhas, e que nem sempre a gente opta pelo melhor, mas que eu estava acertando. E no fim disse que ninguém precisava revolver o meu interior para eu me sentir segura, que para algumas coisas não havia receita nem explicação, nem nada. E que nem sempre a gente ia conseguir resolver, compreender, e que isso não invalidava a experiência.
— Sei. Às vezes é a vida que nos vive e não o contrário.
— Na maioria das vezes, mas temos a ilusão de que não é assim.
Levantei de cima do cobertor térmico, peguei um seixo e joguei no lago. Ele ricocheteou longe e assustou os peixes. Minhas sobrancelhas teimavam em se juntar, numa confrontação daquela verdade. Eu sabia o que ela ia dizer, conhecia aquela história. Ruby, de onde somos?, perguntei em silêncio.
— Você é triste? — ela perguntou. —Tem pessoas que são.
Não respondi imediatamente.
— Tu sempre me faz essa pergunta? — eu quis saber.
Ela não respondeu.

— Acho que não é isso — eu disse. — É mais o assombro de mundo em que eu escolho viver. Não é exatamente uma tristeza, é... um esmagamento que eu sempre aceito, com e sem estupor. — Levantei para fazer mais fogo. — Por que tu tá *aqui*?
— Ah, sim. Então, no consultório, eu disse pra médica que estava doente. Eu vivo doente. Ela apalpou minha barriga, aferiu a pressão, me auscultou, olhou as retinas, as órbitas, me receitou um antibiótico e probióticos e disse que precisaríamos melhorar minha imunidade. Olhou meus exames e todos aqueles números que diziam do meu interior. Disse que era normal pessoas idosas terem mais problemas e me assustei, porque era uma dupla mentira. Mas ao me olhar no espelho da saída eu estava mesmo velha. Ela me mandou para casa com uma receita enorme e a recomendação de um livro sobre a felicidade. — Ruby fez uma pausa. — Sei que não se aprende felicidade em um livro, mas naquela altura da minha vida não custava dar uma olhada. Comprei o livro antes de ir pra casa e, quando o abri, tinha uma história muito idiota sobre este lugar. Pingualuit. Sobre como uma jornada a um lugar tão antigo poderia trazer respostas, etecetera, a mesma baboseira de que precisamos buscar respostas, respostas e respostas. E o livro ainda dizia que o estômago era onde os problemas de saúde ocorriam quando não conseguíamos processar nossas coisas.

Ruby ficou calada por alguns instantes, depois disse, olhando para mim:

— Eu quero buscar perguntas. Quero ficar perplexa diante do mundo, tão estarrecida a ponto de não conseguir formular as perguntas que eu quero buscar. Quero tatear a existência. Dar espaço ao mistério.

— Será que é possível fazer isso?

— E não é o que estamos fazendo? Quando tudo sumiu e eu caí naquele buraco imenso que engolia absolutamente tudo,

quando eu estava me afogando nas coisas que eu mesma tinha jogado lá dentro e que erodiram a minha vida, o meu modo de olhar para o mundo, se não fosse a tua mão nas minhas costas, tentando tapar meu buraco existencial, se não fosse você a me dizer a frase, talvez eu não pensasse nela.
— Como...
— Eu não sei. Por que você tá aqui?
— Não consigo me lembrar direito. Mas uma coisa é certa. Eu tenho mesmo contemplado a morte, mas não é uma coisa... mórbida.
Ruby me abraçou, dando tapinhas nas minhas costas como se eu fosse um bebê.
— Como horizonte.
— Como plano?
— Como futuro.
— Mas esse é o futuro de todos nós.
Ela me afastou, esticando os braços e me segurando.
— Sim e não. Por acaso não viemos da morte? Não viemos do esquecimento e do assombro? Não viemos de um lugar que nada era? Aniquilação primeira, e de repente estamos aqui, nos tornando pessoas, compondo o que chamamos de mundos e relações, vivendo sem compreender as forças invisíveis de onde saímos. Esta pedra é uma pedra — jogou uma pedra no lago —, esse lago é um lago antiquíssimo como nós.
— Nós?
— Na mesma proporção.
(silêncio, a cratera)
(silêncio, a água, o gelo)
— Tem esse encantamento, vai chegar um dia, não quero buscar antes do tempo. E tem uma tristeza de desistir mesmo que eu ame a vida profundamente.
(silêncio, a história linear)

— Então você não vê sentido na vida?
(silêncio, o riso)
— Sentido? Olha pra isso aí na nossa frente. É imenso. Olha pra nós. Não faz sentido nós duas aqui. Não fazem sentido palavras como "para sempre", "nunca", "agora". Quem vê sentido na vida se engana. Isso na nossa frente faz sentido. É horizonte a se contemplar.
— O que tu quer dizer com horizonte?
— Pra mim é uma linha de expectativa para além da qual não enxergamos, só projetamos. É como um exercício criativo. Final. Mergulhar no mistério. Não vejo criação. A morte é o contrário disso. E, depois, a vida é do mesmo modo uma linha de expectativa para além da qual não enxergamos, só projetamos.
— Eu enxergo — eu disse.
(silêncio, a cratera)
— Você nem lembra da gente... O que você projeta?
— Desejos, acho.
(silêncio, a cratera)
(silêncio, sumidouro)
— Que desejos?
— Aqui seremos mais felizes.

Há 1,4 milhão de anos, um meteoro. Pensei que talvez eu estivesse mais acostumada àquele estado de assombro assimilado do que ao estado de sorte. Baixei a cabeça e deixei Ruby se apagar no meu sono. Sem resposta. Sem entendimento. A cratera nos avisa que o tempo retrocederá. Agora caminho de volta para a borda, sem ter chegado ainda à beira do lago. Caminho pelas frágeis fendas causadas pelo calor, pelos estilhaços da coisa certeira e irremediável. O meteoro. Nada mais é. Volto para encontrar Toot, volto para pôr as coisas no avião, que retrocede também em seu voo sem arremeter para desaparecer no horizonte e deixar de existir naquela realidade onde nada mais é, onde nada mais existe, tudo desfeito, o irrisório que é tudo o que vem em torno dessa explosão que é tudo e todo o evento de fato. O antes. Esquecimento.

Volto à casa, à Ruby, quando ainda existíamos, quando nada era aposta, sem entender, vendo as pessoas dizerem não entendi nada, como pode? Vocês vivem assim entre mundos? Como podem? Cartesianos demais, colonizados demais, a gente encarando o sumidouro, tocando sua configuração, pulando de mãos dadas naquele desejo que nem era nosso, no desejo de um encontro aleatório desavisado, o nosso mistério. Agora é uma cratera. Há 1,4 milhão de anos, um meteoro fez esse olho de cristal para a gente se encontrar.

— Vem deitar comigo um pouco, vamos fazer uma pausa aqui e agora.

Eu peguei na mão de Ruby e fiz que sim com a cabeça.

O céu era rosa, de quando as nuvens suavizam, o azul desistindo, entrando numa sonolência besta, retrocedendo, contando uma a uma as estrelas que já não existiam, tu deitada, ou a tua luz, enquadrando aquele futuro, o nosso futuro-passado. Tem algo errado comigo, penso, apalpando a garganta e depois as costelas. Ruby olha diretamente para dentro das minhas invenções.

— Não se perde, não some.

— Não posso prometer.

E penso se isso não é um presente do universo antes de morrermos atingidas por um meteoro. Penso se não é meu próprio cérebro produzindo o espetáculo. Então, Ruby vira a cabeça para a cratera e repete a palavra "esplêndido" algumas vezes. Continuamos olhando o céu, que vai se alumbrando. Abraço Ruby com força, um abraço imemorial, e respiro. Olho por trás do ombro dela para conferir se o abismo ainda existe (e respiro), se de alguma forma ele não se oculta para que eu pise em falso, para que eu vire alguma esquina desavisada e caia. É água (e respiro), vejo assombrada.

Ficamos atravessadas no saco de dormir, atravessadas por tudo aquilo. Um dia, uma cronologia possível. O horizonte volta a ser um mistério desejado. Sinto uma taquicardia boa, um peso no peito que não é de medo e que acolhe corações acanhados, solitários, mas expectantes e generosos, como os nossos.

Fecho os olhos e adormeço quase imediatamente. A vida infla meus pulmões e faz doer por dentro. Está mais frio. Desejo estar ali. Naquele momento, capturada. Estilhaço que queima. Borbulho. Deixo pender a cabeça e vejo que o céu está ofuscantemente azul. Somos magma esburacando a pedra. Sinto as fundações da Terra. Estou bem.

Ruby enrola os sacos, coloca-os de volta na caixa de primeiros socorros.

— Vamos andando, as pessoas devem estar nos esperando.

Quando chegamos ao acampamento, não havia nada. A vastidão vazia da tundra. Manchas de frio e cheiro de baunilha, café e fogo. O cúmulo côncavo. Zênite imperfeito. Vi nos olhos de Ruby o reflexo incandescente de 1,4 milhão de anos, o clímax nos alcançando, uma língua no olho do agora.

A Velha Asna e as lésnicas de motocicleta

Tinha pensado em tudo sem pudores, rindo da situação. Enfiou o capuz até a metade da testa e entrou no mercadinho. Pegou tudo o que sempre quis comer e nunca teve dinheiro para comprar. Balas, doces, salgadinhos, foi enfiando tudo sob o moletom, nas sacolas que tinha costurado dentro dele, e saiu sem ser abordada. Depois montou a festinha de aniversário dos sonhos. Tirou tudo dos pacotes, colocou em potes e pratinhos, e sua melhor amiga, filha dos donos do mercadinho, nem desconfiou que estivesse comendo aquelas gostosuras patrocinadas pelos próprios pais.

— Já comeu essa bala, Ana Flávia?
— Nunca!
— Não tem no mercado do seu pai?
— Não sei.

A infância da Velha Asna não correu às mil maravilhas, mas foi o que a fez quem ela era. Ganhou o apelido de Asna na adolescência porque tinha uma risada rouca e asmática que lembrava uma freada de caminhão. O apelido veio de um colega.

— Parece o asno do meu vô!
Ela tapou a boca com a mão para silenciar o riso, mas o som veio mais forte ainda. E todo mundo que ouviu começou a dizer *Olha a asna! Olha a asna!* Além disso era asmática, então as rimas e piadinhas adolescentes jorravam da boca de todo mundo como água de uma fonte. Repetiu dois anos do ensino médio, mas garantiu o diploma técnico em contabilidade. Não era burra, não era um asno, apenas não se encaixava. O *velha* fora adicionado com o tempo e a idade. De Asna para Velha Asna e depois para A Velha Asna, apelido do qual, àquela altura, ela já gostava.

Saiu do ensino médio beirando os vinte anos, mas como os pais da Asna eram velhos demais não sabiam nada da vida dela. Achavam que a filha estava bem encaminhada, e ela até que estava, a depender do ponto de vista. Antes de terminar o colégio, havia conseguido um bico de secretária com um contador conhecido como um grande trambiqueiro cercado de pessoas com uma ética suficientemente elástica para trabalhar com ele. A Asna começou na equipe de limpeza e foi subindo de posição ao se encarregar de limpezas mais pesadas, digamos assim. Primeiro trabalhou com documentos, depois com orientações e, por último, com intimidações e alguns sustinhos extras, pagos por fora pelo contador que não nomearemos. Havia dias em que seu trabalho era apenas cobrar. A princípio seu físico mirrado não intimidava ninguém, no entanto sua força e aparência cresciam quando A Asna começava a falar com uma voz rouca as palavras certas, quando tocava, com a intensidade correta, o ombro de um devedor incauto. A necessidade dessas intervenções levou A Asna a manter uma rotina de exercícios físicos e também de meditação. Não era violenta, ao contrário, parecia sempre serena. Certa vez, destroncou o dedo do proprietário de uma pequena metalúrgica que resolveu enfrentá-la com o dedo em riste. Ela não gostou da resposta nem da atitude, e não pensou muito. Torceu rapidamente o dedo do homem, que caiu de joelhos. Depois deixou ali uma anotação com o total da dívida, se desculpou e foi embora. A fama da Asna se estendia pouco, mas de modo eficaz. Tanto que o contador já ameaçava seus contatos de trambique com a seguinte frase:

— Podemos resolver tranquilamente ou posso mandar A Asna.

O contador acabou sendo, para A Asna, um protetor e mentor. Ele dispunha de muitas conexões para garantir o bem-estar dela e lhe proporcionou diversas primeiras oportunidades. A primeira vez que ela pensou em fazer uma faculdade, ele a incentivou a continuar sua formação de contadora ou partir para um curso de administração, e ela obedeceu, seguindo o curso de ciências contábeis. A primeira vez em que A Asna viajou de avião foi com ele, para Recife. Era um congresso, iria ajudar na sua formação, o contador poderia ter levado qualquer pessoa, mas escolheu A Asna, comprando-lhe, inclusive, algumas roupas para a viagem. Sua primeira festa LGBTQIAPN+ foi lá, em Recife. O contador já desconfiava que A Asna era lésbica, mas deixava quieto, até que na festa, olhando aquele ser magro de cabelo escorrido e oleoso atrás das orelhas, camiseta preta meio desbotada, calça jeans sem corte, dobrada no tornozelo e um sapato estranhamente pesado, ele perguntou.

— Tu gosta de mulher, né?

A Asna se encolheu. Nunca tinha falado daquelas coisas com ninguém. Nunca tinha estado nem com homens nem com mulheres. O contador a pegou pelo braço e os dois foram se sentar numa mesinha. Ela bebeu um gole de cerveja direto da garrafinha, ele tomava uma gim-tônica.

— Pode me falar, Beatriz.

Beatriz, o nome que poucas pessoas diziam. O contador tinha um carinho bonito por ela.

— Não sei.

— Bom, tu sabe que eu mesmo sou uma gayzona, que eu vou sair daqui com aqueles dois — sorrindo, acenou para dois homens —, e tu só vai voltar pro hotel sozinha se quiser. — Fez uma pausa. — Eu vi, ninguém me contou, eu vi aquela mulher ali te olhando a noite toda. — Ele apontou para um canto do bar. Jasona era belíssima. O queixo da Asna caiu. Enquanto a mulher se aproximava da mesa deles, o contador largou duzentos reais na mão da Asna, piscou um olho e deu um beijo em seu rosto. Depois foi na direção dos homens com quem flertava.

— Oi.

— Oi.

As pessoas não acreditam, mas foi amor à primeira vista. O primeiro amor da Asna e um grande amor de Jasona, a travesti mais temida de Campina Grande, como ela mesma contou. Também estava ali para participar do congresso de contabilidade. Era o terror dos sonegadores, o que intimidou A Asna.

— As contas comigo fecham direitinho.

Como ela podia se relacionar com alguém tão honesta, sendo ela capataz de um trambiqueiro? Mas aconteceu. Viveram por um bom tempo um relacionamento livre, viajando de avião para se encontrarem em diversas cidades do Brasil. O contador até aumentou o salário da Asna, para que ela pudesse viajar mais, gostava de vê-la feliz daquele jeito. A Asna agora tinha os lábios brilhosos e hidratados, olhos acesos, andava mais macio, balançando levemente o corpo, quase numa dancinha.

Um dia, ela chegou para trabalhar de jaqueta de couro, numa moto grande e tunada. Nesse dia, o contador foi assassinado. Além de muito triste, A Asna ficou obcecada em descobrir quem era o assassino ou o mandante. Fizeram parecer que era um crime passional e um jornal até estampou a palavra na capa, o que revoltou A Asna.

— Uma coisa assim nunca que pode ser passional, Jasona
— A Asna disse, fungando ao telefone.
— Quer que eu vá aí, baby Be? Não, eu vou aí, que pergunta a minha... Estou indo.
As duas nunca tinham se encontrado em suas respectivas cidades. A Asna morava na velha casa de seus pais, já falecidos, e seus irmãos, mais velhos do que ela, moravam no exterior. Foram imigrantes ilegais por muito tempo, um na França, um na Alemanha e outro nos Estados Unidos, porém todos agora tinham visto, estavam legalizados e bem. Só que não se falavam. A Asna não fazia questão, vivia apartada de sua família. A diferença de idade entre ela e os irmãos já tinha se encarregado desse afastamento. A Asna foi a filha temporã, um susto para a família. Nasceu quando a mãe tinha quarenta e seis anos. Eram dezoito anos de diferença entre ela e o irmão mais novo. Jasona só descobriu a densidade desses laços quando viu as fotografias espalhadas pela casa.

A casa da Asna era pequena, simples, e tudo reluzia de tão limpo e organizado. As panelas e os utensílios não tinham um risco sequer, pareciam ter saído das caixas diretamente para um showroom. Porém, A Asna usava bastante seus apetrechos; cozinhava muito. Tinha feito diversos cursos de culinária no Senac. Jasona chegou com malas para passar dez dias. Como a pandemia de covid estourou e seu trabalho passou a ser remoto, ela foi ficando, e o que era para ser uma viagem rápida de apoio à Asna pela morte do contador acabou virando um período de seis meses. Seis meses de puro paraíso culinário, de muitas tristezas, de obstinação em investigar o crime, até, enfim, sua descoberta. Um empresário do ramo alimentício encomendara a morte do contador. Quando conversas de Whatsapp revelaram que os dois estavam se chantageando por uma alta quantia de dinheiro, A Asna contou a Jasona como a empresa do contador atuava, e aquilo foi um baque. A polícia encerrou o caso meses depois.

— Beatriz, tu sabe que a honestidade é um dos pilares da nossa relação, baby. Tu sabe, baby. Eu tô abalada. Preciso refletir.

O que A Asna não contou foi que ela ficara encarregada de limpar as contas do contador caso algo acontecesse com ele. Os dois falavam sobre esse plano sempre rindo, ele usando "hipoteticamente", palavra que gostava de incluir em todas as instruções.

— O dinheiro fica com você, vai ser um excelente pé de meia. Vai na minha casa e pega tudo lá no cofre. Eu não tenho ninguém mesmo, se alguma coisa me acontecer, *hipoteticamente*, claro, pega tudo e torra!

A Asna ria daquele jeito zurrado dela e eles mudavam de assunto. Depois que o contador morreu, cumpriu o combinado.

Jasona fez as malas e foi embora. A Asna ficou sem chão.

Durante meses, o que era um piso laminado sempre com a cera em dia passou a dar espaço a manchas de molho de tomate e azeite, que lá permaneciam por tanto tempo que já se tornavam parte da paisagem. A Asna ligava todos os dias para Jasona, que às vezes atendia, às vezes não. A Asna mal comia ou então comia mal. Andava desgrenhada. Em um dos telefonemas, Jasona atendeu.

— Jasona, volta pra mim, não consigo viver sem ti.

— Baby Be, tu é uma mulher forte e maravilhosa, nossa história é linda e agora vai virar outra coisa. Não posso mais ficar contigo, eu não quero mais. Não consigo.

— Não faz isso comigo...

Jasona desligou o telefone, chorou como uma condenada, mas não voltou atrás. O rompimento endureceu o coração da Asna, que demorou meses para se recuperar. A vida começou a ficar mais leve quando ela passou a sair mais vezes com as lésbicas motoqueiras, aos domingos. Faziam passeios, conversavam, saíam para comer. Foi Sarah quem insistiu na presença da Asna, que a levou para o seio do grupo. A Asna pediu que elas a chamassem de A Asna; Beatriz tinha morrido. Na jaqueta de couro, costurou o decalque de uma bela asna sorridente e, acima dele, um bordado escrito *velha*. Começou a fumar. Passou a colocar a carteira de cigarro na dobra da manga da camiseta, o que todas acharam um charme. Penteava o cabelo para trás com gel e, quando tirava o capacete, ele surgia levemente bagunçado. A idade tinha dado um charme implacável A Asna. Havia passado bem dos quarenta anos e se sentia em sua melhor forma. Nada de dores, mente limpa. A ioga ajudava muito também. Ganhou peso e os ossos já não incomodavam tanto na moto. Olhava satisfeita para sua pequena barriga, que agora não era só pele; tinha alguma maciez. Músculo e gordura eram conforto. Sarah amava deitar a cabeça nas pernas da Asna nas pausas solares dos passeios de moto, mas A Asna não dava abertura. Dizia não estar pronta para relacionamentos, que Jasona ainda morava em seu coração, que tinha sido a única na vida dela.

— A única que tu amou?

— A única em tudo, Sarah. Nunca nem beijei outra pessoa.

— Mas vocês não tinham um relacionamento livre?

— Sim, mas o que isso tem a ver com os outros?

Sarah ficou quieta, estava impressionada. A restrição que A Asna impunha acabou constituindo um fetiche monumental para Sarah. Quando se via perto da Asna, sentia as pernas moles, de tão descompensada.

Uma noite, depois de um grande passeio de moto, A Asna convidou Sarah para ir à sua casa. Sarah foi pega de surpresa. A Asna serviu algumas saltimboccas com sálvia e presunto cru, um cozido levemente apimentado e uma cerveja que ela mesma tinha feito. Sarah já estava toda entregue, quando A Asna segurou o queixo dela com o polegar e o indicador e disse bem perto de seu rosto:

— Não vai me machucar.

— Não vou.

Tiveram uma noite e tanto de sexo, e Sarah caiu em graça. Achava que, por ter estado apenas com uma mulher, A Asna não teria muito repertório, mas viu que ela tinha. Quis saber tudo, A Asna lhe entregou suas verdades, Sarah não acreditou, quis saber do que não existia, de mulheres e aventuras que A Asna nunca viveu.

No dia seguinte elas se despediram e A Asna foi a uma reunião. Tinha recebido uma proposta de trabalho para um serviço de inteligência privado que por vezes operava em parceria com a polícia, por vezes em parceria com os bandidos. Ninguém nunca sabia quem era quem. Ao ouvir a proposta, A Asna sentiu seu coração doer. Depois de refletir um pouco, disse que só aceitaria se pudesse trabalhar apenas com ressarcimentos justos. O chefe do serviço de inteligência que a entrevistava concordou. A Asna sentiu que seria um tempo de redenção. Usaria para o bem tudo que aprendera com seu amigo contador assassinado. Seus contatos, todo o seu conhecimento, tudo serviria para limpar seu carma. Quem sabe assim a vida poderia juntar ela e Jasona outra vez.

Cinco anos se passaram quando finalmente sentiu seu carma mais limpo de fato, já estava bastante avançada na ioga e seu projeto de autoconhecimento andava bem, porém nada daquilo mudou sua relação com Jasona. Na verdade, a última notícia que recebera dela é que seria mãe.

— Mãe?
— Sim, saiu o processo de adoção.
— E tu tá feliz.
— Estamos radiantes.
— Estamos...?
— Baby, tu sabe de mim e da Cris, sabe que queríamos, que estávamos tentando e que havia uma possibilidade. Não está feliz

por mim e por elu? É assim que somos, Baby Be. Nós nos amamos ainda, não é?
— Nos amamos. — A Asna se calou por um tempo, depois vomitou palavras. — Posso ir aí ver vocês?
— Agora, Baby? Agora não é um bom momento, Mica vai chegar logo, temos que nos preparar, não sabemos como vai ser. Mas eu quero, sim, que depois tu venha.
— Então me fala o melhor momento.
— Falo, sim.

Dois lentos anos, Jasona e A Asna se falavam por telefone esporadicamente, mas acompanhavam as notícias uma da outra, trocavam fotos, vídeos e mensagens quase diariamente. A coisa com Sarah não tinha engrenado, mas agora havia Elizete, uma mulher mais velha que A Asna.

— Da gangue.
— Que gangue, Beatriz?
— Me chame de A Asna. Modo de dizer, Jasona. É a turma da moto.
— Ah, bom. Tu te comporta, hein?
— Tá, deixa eu falar com Mica.
— Oi, tia Asna.

Ouviu Jasona gritar ao fundo:
— Tu sabe que eu odeio esse apelido ridículo, Beatriz!

Ignorou.
— Oi, Mica, como tu está?
— Eu tô bem. Quando é que tu vem me conhecer?
— Quando a tua mãe me convidar.

Jasona pegou o celular da mão de Mica.
— Venha logo, sua velha chata! Tchau!

Elizete ouviu, riu e depois ficou chamando A Asna de Velha Asna.

— Vá lá ver a sua amiga, o seu amor, vá logo, Velha Asna.

— Vamos juntas?
— Eu não vou, não. Amo você, mas não quero ir. Deus me livre! Pode ir, vocês têm muita história, eu não quero me envolver mais do que já me envolvo. Quero continuar gostando da Jasona, da Cris e da Mica.

Naquela semana A Asna precisou viajar a trabalho para Aracaju, precisava conversar com duas pessoas, *undercover*, e tentar descobrir podres de um empresário do ramo das perucas. Foi, fez seu serviço muito bem, como sempre fazia, depois partiu para João Pessoa, onde Jasona agora vivia.
A visita não foi tão boa quanto a Velha Asna esperava. Também não tinha sido de todo ruim. Alguma coisa havia mesmo se quebrado entre elas, e a tristeza foi ver que o amor e a paixão que sentiram um dia uma pela outra era agora amizade, o que deixou A Asna um tanto melancólica. Seu relacionamento com Elizete ia bem, só não tinha se preparado para deixar de dar hábito a seu amor por Jasona. Ao romance. No entanto Jasona a tinha isolado em outro compartimento de sua vida, e só restou à Asna acatar. Foi embora com uma impressão ruim, apesar de ter se dado muito bem com Mica, que lhe pareceu grande e esperta para uma criança de onze anos. Prometeu a ela que um dia, com certeza, a levaria para andar na sua moto. Essa promessa poderia ser o começo de uma nova relação com Jasona.
Quando chegou em casa no táxi que tinha pegado no aeroporto, viu Elizete mexendo nas motos e fumando na calçada com uma cara estranha. Ao ver A Asna descendo do carro, Elizete limpou as mãos num pedaço de estopa, largou as chaves de boca no chão e deu mais uma tragada no cigarro. Elizete só fumava quando estava preocupada. A Asna largou a mala na calçada e abraçou Elizete.

— Fez boa viagem?
— Sim, tudo bem. — respirou a fresca. — Que cara é essa?
— Sumiu o cachorrinho da Chica.
— O Políbio?
— O Políbio.
— Mas como ele sumiu?
— Pois é, tá estranho, porque você sabe que ele sempre saía e voltava livremente e uma noite não voltou. A gente saiu pra procurar, fez ronda de dia, olhou em tudo, e nada do cachorro. E o Políbio é um cachorro safo! Depois a Chica falou uma coisa que me deixou encafifada.
— O quê?
— Um vizinho novo.
— O que tem ele?
— Acho que pode ter sido esse vizinho da rua dela, um cara estranho. Um dia ele reclamou com ela que o Políbio fez xixi no portão dele quando saiu pra passear. E ele também fica fazendo cara feia pra gente, quando a gente passa de moto. Sujeito horripilante.
— Eu reparei. No dia que a gente parou ali no mercadinho, ele não gostou da aglomeração. Das motos.
— Das motos? Sei... O cara é um homofóbico, isso sim. Um chato, um recalcado. Tem quanto tempo que ele mora ali? Um ano?
— Acho que mais ou menos isso. — E não se integrou, não fez um amigo na vizinhança.
— Tu vê. E ele não se mistura. Aqui todo mundo se mistura. Sabe que agora eu acho que foi ele que matou a araucária? Deve ter envenenado porque ela tirava o sol do pátio dele. Isso não me sai da cabeça. Como é que a árvore ia apodrecer assim do nada? Devia estar há uns cinquenta anos lá.
— É.

Alguma coisa se acendeu dentro da Velha Asna, uma fome de justiça. Respirou fundo e franziu as sobrancelhas. Depois lembrou que a aposentadoria estava para sair e que precisava ver isso.

Como A Asna andava com poucos afazeres, já não fazia serviços com tanta frequência, ela começou a passar com mais regularidade na frente da casa do tal vizinho da Chica. Às vezes a pé, às vezes de moto, quando não deixava de dar uma aceleradinha na frente do portão do sujeito. A moto roncava mais alto. Quando o via, dava um bom-dia mal-encarado, que o vizinho respondia meio cabreiro. Uma tarde, ao entrar no mercadinho logo atrás dele, sorrateira, ouviu a seguinte conversa:

— Bom dia, Agenor.

— Bom o dia não tá, Tobias.

— Mas o que houve?

— Ah — ele rosnou —, aquela Velha Asna e aquelas *lésnicas* de motocicleta... eu não gosto delas, acho que estragam a nossa vizinhança.

O *lésnicas* saiu fanhoso da língua mole dele.

— O que é isso, Agenor? As meninas são joia. Fazem muito pela comunidade.

— Primeiro que não são meninas, né? Nem mulheres elas são direito. Bando de velha sapatona... Tudo montada naquelas motocicletas barulhentas e fedidas. Segundo que fazem o quê pela comunidade? Que exemplo elas dão? Nosso bairro tem muita criança, isso não é certo. — Faltou foi pau pra elas, boa educação. E deve ter faltado também uns cacetes — ele fechou uma das mãos e bateu forte na palma da outra. — E faltou Deus.

— Não, Agenor. Elas é que plantaram a hortinha comunitária, elas cuidam dos canteiros de flor, fizeram a prefeitura botar uma UBS aqui no bairro, reformaram o parquinho... E até patrulha elas estão fazendo agora.

Agenor ficou olhando para Tobias com a boca num grande U invertido, depois disse:

— Ó, Tobias, eu se fosse tu não deixava a Ana Flávia andar com elas. Tua mulher não é sapatão, mas isso aí pode acabar mal. Depois tu perde a mulher, aí quero ver achar tudo boazinha.

Tobias era tranquilo, mas aquele papo do Agenor o deixou com a pulga atrás da orelha. À noite ele foi conversar com a mulher.

— Mas, Ana Flávia, tu não acha estranho, não?

— Ai, Tobias, pelo amor de Deus. Eu conheço bem a Sarah, A Asna, a Claudinha, toda a vida aqui do bairro. A Elizete veio depois, mas é gente boa igual. A Chica é tua amiga de infância, Tobias. Esse Agenor é que é novo aqui e já tá querendo causar constrangimento.

— É... — Ele ficou quieto um tempo, matutando, foi beber água, depois perguntou: — Mas tu não é lésbica, né? Nunca teve nada com uma mulher?

— Tobias? O que é isso agora? Tá inseguro? Compra um carro novo pra não ficar me enchendo o saco.

— Mas é que tu é amiga da Asna tem anos! Nunca aconteceu nada? Ela nunca tentou...

Ana Flávia interrompeu o marido.

— Eu sou amiga da Asna desde criança e não nunca aconteceu nada. O que ser amiga tem a ver com isso? Por acaso tu já teve coisa com o Zé?

— O que tem a ver?

— Tem a ver que o Zé é teu amigo e é gay.

— O José não é gay!

— Ah, Tobias... Pelo amor de Deus! Vocês, homens, são inacreditáveis. Vai dizer que tu não sabe que o Zé é gay?

— Mas e a Marcinha?
— A Marcinha é uma mulher trans, Tobias! E o que tu achava que era o Marquinho todos esses anos ali na casa dele?
— O Marquinho não é irmão do Zé?
Ana Flávia ficou pasma.
— Tobias! O Marquinho é branco do olho azul e o Zé é preto!
— Sei lá, adotado, de pais diferentes, essas coisas.
— Tobias, eles eram casados. Eu não acredito que todos esses anos, e vocês nunca falaram disso. E agora o Zé tem uma nova namorada, que é a Marcinha, um amor de pessoa, aliás. Pode ser que não seja gay, que seja bi, pan, GLS, sei lá, é LGBTQIAPN+... Tobias, se atualiza, homem! A Marcinha faz hidro com a gente às quintas. E tu nunca ia saber se eu não te falasse, creia em Deus Pai. E olha: não é que ela esconda, não. Ela é absolutamente aberta e tranquila sobre quem ela é. Vai ver o Zé é que não bota fé em tu.

O mundo de Tobias estava ruindo. Quando Agenor entrou no mercadinho dias depois, Tobias foi conversar com ele, desconcertado.

— É, Agenor, o mundo tá estranho mesmo. Acho que tu pode ter um pouco de razão quando fala da mulherada da moto. A Ana Flávia sai com elas, mas me jurou que não é lésbica. E agora o Zé... e essa Marcinha...

Agenor apertou os olhos e ficou encarando Tobias sem dizer nada, depois balançou a cabeça.

O fato é que o mundo sempre tinha sido desse jeito. Farejando o incômodo que se criava na vizinhança, a Velha Asna alertou as outras. Um dia, num passeio do grupo longe da vizinhança e perto da natureza, ao pararem num belo mirante, A Asna falou:

— Eu não gosto do Agenor.

Todas concordaram, assentindo ao mesmo tempo enquanto tomavam caldo de cana.

— Chica, eu não sei se ele pegou ou não o Políbio — A Asna disse.

— Que sujeito insuportável... Tem cara de entojo. De dor de barriga — disse Chica.

— E anda falando mal da gente — A Asna disse. — Eu vi ele querendo fazer a cabeça do Tobias, Ana Flávia.

— Ah pois, que o Tobias esses dias tem me saído com cada uma... inseguro e preconceituoso.

— Essa é uma combinação que no homem pode ser letal, por mais quieto que ele seja, por mais que a gente pense que o conheça. Insegurança e preconceito. Eu sei.

Todas concordaram, voltando a beber.

— Esse visual tá demais! — A Asna falou, olhando o horizonte. — Fico feliz quando a gente passeia num dia tão bonito.

— Eu dou graças que a gente tenha a nossa turma da moto.

— Sabe que eu ouvi o Agenor chamando a gente de *lésnicas*? — Todas riram. — Quando ele estava falando mal de nós pro Tobias, ele disse: A *velha Asna e aquelas lésnicas de motocicleta...* — A Asna riu daquele jeito asmático dela e todas riram de novo.

— Pronto! Vai ser o nome da nossa turma.

— Da nossa gangue!

— É oficial, estou me aposentando e a partir de agora sou apenas a Velha Asna e nós somos as lésnicas de motocicleta.

Riram mais.

— Ai, ai, então por isso o Tobias me saiu com aquelas besteiras...

— Deve ser — a Velha Asna disse.

— Não dá pra deixar esse clima ir adiante. Se a gente deixar, pode ser letal. A gente ri porque tem um lado engraçado, porém...
— Porém não dá pra ficar só rindo.
Todas concordaram. Respiraram o calorzinho ainda fresco do fim da primavera, recolocaram o capacete e voltaram para a cidade com o compromisso de se reunir para continuarem a sério aquela conversa.

Assim que A Velha Asna e Elizete chegaram em casa, Elizete ficou mexendo no celular por um bom tempo, rindo de vez em quando. Depois mostrou à Velha Asna o que tinha feito: uma conta no Instagram chamada *lesbicasdemoto*, cuja descrição era "A Velha Asna e as lésnicas de motocicleta". Botou fotos de todas do grupo, e em poucos dias elas já tinham trezentos seguidores. Em poucos dias também, a Velha Asna recebeu uma mensagem de Jasona, dizendo que gostaria de vê-la, que Mica estava cobrando o passeio de moto. A menina tinha visto a nova moto da Velha Asna num post do Instagram delas e havia enlouquecido. *Tá me cobrando aquele passeio que tu prometeu a ela.* A Velha Asna disse que viessem, depois avisou Elizete. Na semana em que recebeu Cris, Jasona e Mica, a Velha Asna nem pensou em Agenor, estava feliz e ocupada com as amigas. Até o dia em que passou de moto pelo portão de Agenor, com Mica na garupa, e de repente ouviu:

— Agora tá aliciando menores...

A Velha Asna não fez nada, apenas apertou com raiva as mãos no guidão e se certificou de que Mica não tinha ouvido aquela atrocidade. Continuou o passeio, que seria o último daquela doce temporada. Foi para casa, jantaram juntes como uma família feliz e no dia seguinte ela levou todes ao aeroporto. Dois dias depois, a Velha Asna regurgitou para Elizete o que tinha acontecido naquele último passeio com Mica, o que ela tinha ouvido

Agenor dizer. Elizete ficou possessa de cólera. Mas isso não foi a gota d'água. A gota d'água foi quando Ana Flávia entrou um dia esbaforida na casa de sua velha amiga Asna para, arfando, dizer o seguinte:

— O Tobias, o Tobias... ele foi tomar cerveja com o Agenor, que agora o Tobias só anda com aquele estrume, e ele me contou que o Agenor tem uns bichos empalhados na casa dele e que um dos bichos, meu Jesus do céu, que um dos bichos é um cachorro parecido com o Políbio. Mandei ele tirar uma foto da próxima vez que fosse lá, ele foi e tirou e... — Ana Flávia, ofegante, desajeitada, pegou seu celular no bolso. — Olhem.

Era o Políbio. Sem dúvida.

— A gente tem que contar pra Chica — Ana Flávia disse.

— Claro que não! Ela não vai aguentar — rebateu Elizete.

— Então o que a gente faz? — Ana Flávia sentou e deu um gole no suco que Elizete tinha lhe entregado.

— A gente dá uma lição nesse Agenor — disse a Velha Asna.

— E no Tobias! — Ana Flávia disse entre um gole e outro.

— Salafrário, depois de velho ficou burro. Ele era tão prafrentex, agora parece que engatou a ré num morro. Disse que até votaria de novo no Bozó.

— Cruzes! — Elizete exclamou, alarmada.

No dia seguinte, Elizete e a Velha Asna chamaram todas do grupo de motocicleta para jantar e, depois de comerem e beberem do bom e do melhor que a Velha Asna tinha preparado, naquela hora em que a moleza e a conversa à toa vão se instalando, a Velha Asna começou.

— Chamei vocês aqui por um motivo que algumas já sabem.

Todas ficaram sérias.

Precisamos dar uma lição no Agenor.

A Velha Asna, então, contou as coisas preconceituosas que Agenor tinha dito a Tobias sobre o grupo delas, o comentário grotesco que fez quando ela passou na frente da casa dele com Mica na garupa, sobre os bichos empalhados na sala dele. Acabou contando inclusive sobre o cachorro parecido com Políbio. Antes ela havia pedido que Ana Flávia não falasse nada sobre a fotografia que Tobias tirara do cachorro. Depois de ouvir tudo isso, cada uma delas acabou revelando uma ou outra microagressão que havia sofrido dele, ignorada por conveniência e complacência. Até que Marcinha abriu a boca.

— Eu me calei, fingi que não ouvi, mas o que ele me disse me machucou e me deixou com medo e raiva.

— O que foi que ele te disse, mulher?

— Eu não ia contar, ia deixar quieto, gosto tanto dessa vizinhança... Não fosse aquele podre, seria perfeita.

— Pode se abrir com a gente.

— Ele disse que qualquer dia me dava uma coça, pra eu virar homem de novo. — Marcinha começou a chorar. — Não estou chorando de tristeza, mas de raiva, e de raiva de mim, por não ter dado um murro na cara dele na hora. Ele é esquivo, nojento.

— Sinto muito, Marcinha.

— É, sentimos muito. — Chica se levantou e abraçou Marcinha. — E tu não pode nem deve ficar com raiva de ti, porque esse tipo de ameaça deixa mesmo a gente sem ação às vezes. Demora pra gente reagir. A gente não vive pra esperar o mundo nos agredir, não dá pra seguir em frente assim, mas acontece, né? Acontece muito mais do que a gente imagina, do que a gente aguenta. Não deveríamos ter que aguentar esse tipo de agressão, tolerar violência... eu sinto muito.

— Obrigada, Chica. — Marcinha olhou para Ana Flávia: — E o Zé tá se sentindo muito sozinho também, Ana, porque o

Tobias deixou de falar direito com ele. Tu acredita numa coisa dessa?

— Aí ó um motivo pra gente dar uma coça no Tobias também, junto com o Agenor. E eu vou me separar. O Tobias que procure outro trabalho. Ele está se achando dono do mercadinho, mas a dona sou eu. Agora tá uma junção de macho com normose lá. Credo.

— Bem, eu não estava muito pensando em coça — disse a Velha Ana —, eu estava pensando em... não sei... algo mais definitivo.

— Morte? — Elizete disse entre o espanto e o fascínio.

— Não, nada disso, apenas alguma coisa pra ele ir embora daqui. Só que o desgraçado não tem um podre fiscal nem nada escondido. É só um homem cis hétero normal, preconceituoso e violento.

— Então, o que tu sugere? — perguntou Elizete.

— Pois já que vocês disseram, acho que pode ser uma coça mesmo. Mas talvez a gente ainda pudesse fazer algo mais. Um susto. Uma lição. Vou acionar uns velhos amigos.

A Velha Asna ligou para o pessoal do antigo escritório de contabilidade e soube que uma das bichas velhas de lá também trabalhou no serviço de inteligência privado onde ela mesma já estivera. Marcou um encontro e contou a eles sobre o caso. Dias depois recebeu uma ligação, chamando-a para uma nova reunião, na qual lhe sugeriram um plano.

— Sequestrar?

— Acho mais apropriado. O que acontece em alto-mar fica sem jurisdição, sabe como é.

— Claro, claro, confio no teu julgamento. — A Velha Asna parou e pensou um segundo. — Será que a gente pode ir também? Já que é turístico...

— Olha, não vejo impedimento. Posso ver se consigo uns vouchers de desconto.

— Maravilha.

A Velha Asna nunca precisou mexer no dinheiro que herdara do contador, tinha feito muitas aplicações com ele, estava bem de vida. Concluiu que aquele era um bom motivo para gastar uma parte desse dinheiro e resolveu pagar a viagem para todas do grupo.

— Um cruzeiro?

— Curtinho. Um minicruzeiro, praticamente costeiro. Meu presente de aposentadoria para vocês.

— Meu Deus! Que coisa chique!

A Velha Asna só não contou que nesse cruzeiro LGBTQIAPN+ estava incluso o sequestro de Agenor e Tobias. E a lição.

Se organizaram para o feriado de Tiradentes. Sairiam na quarta-feira à noite e chegariam ao Rio de Janeiro. Na quinta embarcariam e na segunda estariam de volta para suas vidas no bairro. Com sorte, sem o Agenor e com um Tobias manso. Ou sem o Tobias; Ana Flávia estava decidida a se separar.

Nos dias que antecederam a partida, Ana Flávia comentou com a Velha Asna que Tobias tinha inventado de ir pescar bem no fim de semana em que elas estariam fora e que por isso o mercadinho ia ficar fechado.

— Pescar? Interessante... Ele já foi pescar outras vezes?

— Algumas vezes, mas agora uma turma aí convidou o Agenor, e o Tobias vai também.

A Velha Asna ria por dentro. Havia algumas semanas seus amigos, *undercover*, tinham se infiltrado no futebol de Agenor e largaram esse convite bem misógino de pescaria e cerveja. *Sem as mulher! Só nós e a paz e o silêncio! E bebida!* Agenor, mesmo sendo um solteirão, porque obviamente ninguém queria aquele traste imundo, comemorou que não haveria mulheres e aceitou

o convite. Depois os infiltrados disseram que faltava gente para que todos pagassem menos pela casa, para que ficassem em número par e pudessem jogar a peladinha deles... enfim, fizeram de tudo para o Agenor se tocar e convidar Tobias. Mas o homem não dizia nada. Até que uma das bichas amigas da Velha Asna disse, quase entregando a irritação:
— Tu não tem um amigo, não, Agenor? Pra convidar?
— Ah, tenho, sim. Acho que ele até está precisando de um refresco assim. De uma pescaria.
Depois essa bicha contou à Velha Asna:
— Aquela imundície não falava nada de um amigo, só autocentrado, autocentrado, Jesus Amado.
— Imagino. Mas então vocês vão fazer tudo lá, o passeio, a pescaria, tudinho.
— Isso, e de lá vamos pro barco e depois pro circo.
— Pro circo? — Ela riu.
— Pro circo, tu vai ver só!
A conversa cifrada animou a Velha Asna.

No dia de embarcarem para o minicruzeiro, todo o grupo de motociclistas já a bordo e em uma empolgação quase infantil, a Velha Asna não pôde deixar de notar o cartaz de um dos shows que seriam oferecidos: *O circo das heterofobias*, com a imagem de dois centauros amedrontados, acuados por uma foca de sunquíni. Ela riu.
À noite, convenceu todas de que deveriam ver aquela apresentação. Concordaram.
A plateia recebeu máscaras de papel com o rosto de vários animais e a orientação de que deveria permanecer com elas no rosto durante o espetáculo. Zebras, leões, vacas, maritacas, tubarões, tucanos, cavalos, tigres, elefantes, macacos, gatos, cachor-

ros... Em seguida, os espectadores foram orientados a fazer o som típico do animal de sua máscara assim que as cortinas se abrissem. E foi em meio a uma algazarra de vozes de animais que a plateia viu surgir no palco, quando as cortinas se abriram, um picadeiro e uma jaula. Dentro dela, dois homens nus e amarrados, com máscara de palhaço no rosto. A luz bem forte sobre eles.

Um homem subiu ao picadeiro com um chicote na mão.

— Senhores, senhoras, senhorus e tudo mais que há entre essas palavras, meu respeitável público, bem-vindes ao Grande Circo das Heterofobias! — Ele fazia gestos exagerados e olhos de louco. — Aqui neste circo, tudo que é diferente dá medo, aqui no nosso circo, cu, por exemplo, é uma palavra proibida... shhhhh. Respeitável público, pois agora eu lhes apresento... as criaturas hétero!

A plateia toda se levantou e aplaudiu, fazendo sons de animais. Um dos homens na jaula se cagou e o fedor impregnou o recinto.

— Chica — disse baixinho Ana Flávia, apertando os olhos para ver melhor —, eu posso tá louca que já bebi que chega aqui, mas aquele ali na jaula não tá parecendo o Tobias?

Chica parecia estarrecida.

— Acho que é o Tobias mesmo, Ana...

— Misericórdia, será que esta é a lição?

A Velha Asna, sentada algumas cadeiras à direta de Ana Flávia, se inclinou para a amiga e sorriu.

O apresentador continuou seu show.

— Ora, ora, respeitável público, pelo jeito estas duas criaturas hétero não acham vocês tão respeitáveis assim. Vamos ter que pôr uma fralda neste aqui — disse, apontando com o chicote para o homem que havia se borrado. E rindo: — Ou uma rolha! Ou então uma rola!

— Não! Rolha não! Rola não. Não, não. Não! Socorro! Socorro! — o homem cagado gritou dentro da jaula com voz pastosa.

A plateia ria. Elizete estava sem os óculos e achou que a atuação estava ótima, que o desconforto gerado para os dois era palpável. Para ela, a apresentação estava indo muito bem. Tensa como devia ser.

— Calma, ninguém aqui vai fazer nada contra a vontade de ninguém — disse o apresentador, dirigindo-se aos homens enjaulados. — Ninguém aqui é heterofóbico!

Tobias chorava baixinho, rezava e pedia misericórdia. No dia da pescaria, tinham sido encapuzados, drogados e sequestrados, e agora expostos àquela humilhação.

A plateia foi convidada a cutucar os héteros com uma vara curta ou uma vara longa, distribuídas a quem quisesse subir ao palco para viver essa experiência. Ninguém da plateia desconfiou que tanto os enjaulados como o apresentador não fossem atores.

Tobias e Agenor não faziam a menor ideia de onde estavam, nem sonhavam ter embarcado em um cruzeiro. Na noite depois do espetáculo, foram deixados nus e sem documento algum na parada seguinte. Dopados, desacordados. Sem a menor ideia de como tinham sido levados a outro estado. Sem saber que estiveram no mar. Sequestro e humilhação, a Velha Asna tinha sido clara em seu pedido. A ideia não era machucá-los fisicamente, muito menos matá-los.

No outro dia, algumas motociclistas estavam no deque. Contemplativa, olhando para o lado do navio em que o oceano se estendia, Chica disse, baixando seus óculos de sol:

— O mundo é muito grande mesmo.

Depois deu um gole no seu Spritz.

Marcinha se levantou da espreguiçadeira e se apoiou na barra do convés.

— É grande demais e tem gente bandida demais nele. Obrigada por este final de semana, Velha Asna. Foi... catártico.
— Não precisa me agradecer. Mas... ei, eu marquei spa hour pra gente agorinha. Vamos lá?
E lá se foram elas sem nem imaginar que, dias depois, Agenor, que era cardíaco, seria encontrado morto numa ruela de Ilhabela.
Tobias voltou para casa dias depois, com uma roupa que Ana Flávia não sabia de onde tinha saído. Não perguntou nada sobre a pescaria, limitou-se a mandá-lo embora de sua vida sem explicações. Tobias não contou sobre o sequestro, não contou nada sobre nada. Ela estava esperando a pior das conversas, pronta para mentir e se dizer surpresa com o que ele dissesse. Estava preparada também para desconsiderar o fiozinho de sentimentos de culpa que sentia. Mas nada disso foi preciso. Tobias foi embora sem dizer absolutamente nada, cabisbaixo, pedindo desculpas.

— Será que pegamos pesado com eles? — Elizete perguntou à Asna uma noite, deitada ao lado dela.
A Asna ria toda vez que se lembrava da história.
— A gente mesmo nem foi cutucar eles... fomos respeitosas — disse.
— Mas o Agenor morreu.
— Que bom.
— Sim, mas a gente... foi a gente que...
— Não. Não foi culpa nossa.
— Tá — disse Elizete, querendo acreditar.

Nessa mesma noite, Chica acariciava Políbio empalhado. Ele estava perfeito. Chica tinha pedido à Asna que pegassem o cachorro na casa de Agenor, para ela confirmar se era mesmo Políbio. Era o seu cachorro. Ficou com ele o dia todo, lhe fazendo carinho.

— Políbio, meu amigo...
À noite, despediu-se dele com um beijo e no outro dia o enterrou.
Chorou por noites e noites ainda.

Numa dessas manhãs comuns, um rapazote de uns vinte e poucos anos foi visto dentro da casa de Agenor. A vizinhança o viu fazendo limpeza, movimentando caixas, e depois uma caçamba de entulho foi deixada na frente da casa.

A Asna foi ver quem estava se mudando para a casa de Agenor.
— Bom dia.
— Bom dia.
— Eu moro aqui perto, precisando de alguma ajuda é só dizer.
— Obrigado.
Não ia perguntar, mas não se aguentou.
— Você é parente do Agenor?
O rapaz disse meio envergonhado, meio triste, meio irritado.
— Filho.
— Ah, meus pêsames pela morte do seu pai.
— Obrigada — ele disse, e rapidamente se corrigiu: — Obrigado. Bela moto a sua. Eu tenho uma também.
A Velha Asna não disse nada.
— Bom, eu vou continuar a limpeza aqui. — E foi para dentro da casa.

Quando A Velha Asna contou sobre a chegada do novo morador no Whatsapp do grupo de motociclistas, todas ficaram apreensivas, mas ninguém manifestou sua inquietação. A Velha Asna as tinha instruído que nenhuma palavra sobre o ocorrido no minicruzeiro podia jamais ser registrada em conversa de aplicativo nem por escrito nem por áudio. Todas sabiam de como podia ser perigoso.

 O rapaz foi ficando. No decorrer dos dias, um caminhão de mudança chegou com alguns móveis e levou outros. Quando um caminhão especializado em transportes de veículos apareceu trazendo uma motocicleta, a vizinhança não teve mais dúvida de que o filho de Agenor ia mesmo se instalar na casa. E se ele tivesse vindo investigar a morte do pai? E se quisesse vingança? A Asna Velha concluiu que o melhor era se aproximar do rapaz, para conhecer quem ocuparia o lugar de Agenor naquela rua. Elizete era boa de conversa e foi encarregada da missão. Um dia, botou as motos para fora e ficou ali mexendo nelas e tomando uma cerveja, lavando a sua e a da Asna.

 A certa altura ela o viu passando na outra calçada e disse:

— Opa!

— Oi.

— Tudo bem?

— Tudo. — O rapaz atravessou a rua. — Belas motos... eu vi vocês saindo em grupo outro dia.

— Ah, sim, temos uma gangue — Elizete disse, fazendo uma careta brincalhona. — Depois, sorrindo: — Meu nome é Elizete e a minha mulher se chama Beatriz, mas todo mundo conhece ela por Velha Asna. E tu, como te chama?

— Velha Asna... que *badass*. Eu sou Pã.

— Pão?

— Pã. Sem "o". — Como o deus, ele pensou, mas não disse.

— Prazer. Tu então vai se instalar na casa do teu falecido pai-que-deus-o-tenha?

— É, acho que sim.

Correu na mente de Pã que ele já tinha fugido demais, que estava cansado de não ter nada. Havia ficado longe de tudo e de todos por causa daquele pai, sendo obrigado a escolher outras companhias. Agora a mãe e a irmã é que tinham sumido no mundo, nem apareceram para o enterro do homem que tiveram a infelicidade de ter como marido e como pai. A voz de Elizete o tirou do vórtex de seus pensamentos.

— Quer uma cerveja?

— Não, não, obrigado. Ainda preciso resolver umas coisas chatas hoje, melhor não beber.

— O que tu faz da vida, Pã?

— Muitas coisas, mas atualmente sou programador.

— Ah, programador... que bacana, bem atual.

Ele ficou olhando para ela sem saber o que dizer.

— E que idade tu tem? Isso de programar é coisa de gente jovem, né? Computador, internet.

Ele riu.

— Não só, mas é verdade. Tenho vinte e dois, quase vinte e três.

— Que novinho! Bom, qualquer coisa que precisar, fale com a gente.

— Obrigado. Quem sabe um dia eu não vou junto com vocês? Estou sem companhia pra passeios de moto.

Elizete olhou para o rapazinho, sentiu alguma ternura por ele, mas fechou a cara.

— Desculpa, ô querido, mas é que somos um grupo de sapatonas velhas, motoqueiras perigosas, sabe. Temos nossas manias e conversas, não sei se você ia se interessar. E também não sei se as outras iam querer que... Bem, somos sapas velhas.

— Sapas velhas? Gostei! — ele disse, com um jeito animado. — Bom, preciso ir. Tchau!

Elizete ainda estava na frente de sua casa quando Pã, uma hora depois, passou de moto na rua e acenou para ela. Elizete notou no alforje de Pã, uma bandeira com listras azul, depois rosa, branca, rosa e por fim azul de novo. Ela correu para dentro de casa.

— Beatriz! Beatriz! Velha Asna! — Elizete só chamava A Asna de Beatriz quando estava descompensada. — O filho do Agenor é... ele se chama Pã!

— Que é que tem?

— É um boyzinho trans!

— É?!

— É!

— Que sorte a nossa! Uma vizinhança melhor. E que azar dele ter o pai que tinha.

— Velha Asna, nós precisamos ir devagar com esse menino, conhecer bem, até cuidar dele quem sabe. Ele deve ter sofrido na mão daquele energúmeno.

— A gente não tem certeza.

Elizete dá um tapa no ombro da Velha Asna.

— A gente tem certeza, sim. Começo a achar que fizemos um bem. Vamos acolher o menino, chamar pra andar de moto com a gente, fazer ele se sentir amado.

— Calma, Elizete, a gente não sabe se ele não se sente amado.

— Fazer ele se sentir mais amado, então, Velha Asna chata.

— Tá bom, Elizete. Vamos chamar a gangue pra uma reunião aqui em casa, aí a gente traça um plano de acolhida.

Todas concordaram em acolher Pã e convidá-lo para um jantar. A ideia era que as sapatas chegassem antes dele, para que o rapaz conhecesse todas juntas.

Nos dias que antecederam o jantar, a Velha Asna se viu acometida por um sentimento novo: estava diante de uma oportunidade de limpar seu carma. Pã seria acolhido, seria absorvido pelo grupo, pela vizinhança, teria delas tudo o que precisasse. Só tinha que se abrir e, com certeza, com o tempo ele se abriria. Aquelas mulheres sabiam como estimulá-lo. Antes de Pã chegar, viu o nome de Jasona brilhar na tela de seu celular, *Tudo bem, baby Be? Saudades nossas de vocês por aqui.* Aquilo só podia ser um bom sinal, o amor invadindo a vida pelas frestas.

Quando Pã tocou a campainha, ao mesmo tempo animado e apreensivo, não imaginava que por trás daquela porta que se abriria para ele estariam não apenas a Velha Asna e as lésbicas de motocicleta, mas a família que a partir daquela noite ele escolheria como sua.

As gêmeas lentas

Só queria terminar o ano bem. Tranquila. Comprou os ingressos porque ficou intrigada com o nome da peça. *As gêmeas lentas*. Estava lendo uma biografia de Silvina Ocampo, escrita por Mariana Enríquez, achou que era uma coincidência engraçada, dessas que a vida não entrega tão fácil. Interpretou como um sinal. Comprou um ingresso. Depois comprou outro, caso encontrasse uma boa companhia para ir. Andava se sentindo meio sozinha, o ano tinha sido estranho, pesado, pressa, brigas familiares, trabalho trabalho trabalho, casa casa casa, fazia um tempo que não saía para conhecer gente, sentia que sua intimidade estava trancafiada, que não tinha com quem compartilhá-la. *As gêmeas lentas*, disse para si mesma e, ao chegar em casa, buscou a passagem no livro. Era um desenho que Silvina havia pintado para sua amiga Francis Korn. Duas mulheres saindo do mar. *Idênticas. Estranhas*. Repetiu os adjetivos escolhidos pela biógrafa. Por quê? se perguntou. O que poderia haver de estranho naquilo? Deixou os ingressos presos na geladeira com um ímã e foi fazer suas coisas.

Noite morna, estava coberta apenas com o lençol, deitou de lado e logo adormeceu. Acordou com a boca seca e com o sonho muito vívido na cabeça e no corpo. Acordou latejando. Não sabia bem se tinha ou não gozado. Sono pesado. Abriu a gaveta da mesinha de cabeceira e retirou dali um caderno. Escreveu:

Sonho de terça para quarta-feira, 27 de dezembro: caminho por ruas irregulares numa cidade que desconheço. As ruas dão em becos ou voltam-se para si mesmas, avisto um viaduto comum, de metal e asfalto, debaixo dele um arroio quase completamente seco, atravesso e sigo beirando o arroio até dar num mangue, atravesso o mangue e avisto uma praia. Na praia vejo as gêmeas saindo do mar. Não são estranhas nem idênticas, mas são mesmo muito lentas. A imagem parece um loop eterno das duas saindo do mar. Como se a realidade se quebrasse sempre no mesmo momento para não seguir adiante. É então que me sinto extremamente excitada.

Fecha o caderno.
Serve-se de um copo d'água. Vira e agarra o travesseiro. Ajeita outro sob a cabeça e adormece mais uma vez. Não tem sonhos e acorda quando o despertador do celular toca. Sente-se febril, mas não está com febre. Levanta e vai se vestir.
Trabalha em uma loja de roupas no centro da cidade. O período depois do Natal é fraco. Seus chefes foram viajar, ter seu merecido descanso. Ela ficou para cuidar das trocas. É um período tranquilo em que só aparecem na loja pessoas querendo trocar peças que ganharam e não gostaram, ou que não serviram, ou então pessoas em busca de alguma promoção. Uma dessas pessoas entra na loja.
— Oi, eu queria trocar esta blusa.
— Claro, como é teu nome?

— Sílvia.
— Tá bom, Sílvia. Eu sou a Francisca, pode me chamar de Fran. Tu quer trocar o tamanho, a cor ou o modelo?
— Ah, não sei... me mostra o que tu tem de blusa, pode ser?
— Claro.
— Ganhei da minha tia. Na verdade, ganhamos eu e a minha irmã. Somos gêmeas e minha tia ainda acha uma boa ideia dar roupa igual, vê se tem cabimento. Nem parecidas em gosto a gente é.
— Ah, agora me lembro... Eu fiz essa venda. Mas sua tia não disse que as blusas eram pras sobrinhas gêmeas dela, disse apenas que tinha achado a blusa tão bonita que ia levar duas. Se ela tivesse me contado, com jeitinho eu teria dito alguma coisa contra essa ideia dela. Que tal essa aqui?
— Bonita. Vou provar. Essa aqui também, separa pra mim.
— Pode me dar que eu vou arrumando pra ti.
— Quando a gente era pequena, a família tinha a mania de vestir nós duas igual, mas chegou uma hora, na adolescência, sabe, que a gente mudou, cortamos o cabelo de um jeito diferente, e tal, a Sandra cortou. Nunca mais nos confundiram. Mas essa tia, acho que ela tá ficando ó... — A moça fez círculos com o indicador ao lado da orelha.
Francisca apertou os lábios e sorriu.
— Essa aqui, que tal?
— Gostei, vou provar todas.
— O provador é por aqui.
Sílvia seguiu atrás de Francisca.
— Pode ficar à vontade, qualquer coisa é só me chamar.
Francisca fechou a cortina e logo Sílvia a abriu, pedindo que a ajudasse com uma das blusas, que não tinha nenhuma dificuldade aparente, a não ser um pequeno botão na parte de trás da gola, que nem precisaria ser fechado para provar. Sílvia er-

gueu o cabelo com as mãos e pediu que o fechasse. Francisca tocou algumas vezes de leve no pescoço de Sílvia tentando abotoar, a moça se arrepiou, encolhendo os ombros, depois sorriu ao se virar.

— Ficou boa, não ficou?
— Ficou linda.

Francisca não era o tipo de vendedora que mentia só para fechar uma venda, ao contrário. Sempre avisava às clientes o que tinha ficado bom e o que não tinha. A blusa azul tinha caído excepcionalmente bem em Sílvia.

— Se tu colocar a parte da frente para dentro da calça fica bom também. *French tuck*, sabe?

— Não, como é?
— Coloca só a parte da frente da blusa dentro da calça.
— Assim? — perguntou Sílvia.

Estava feio.

— Licença. — Francisca foi pondo a ponta dos dedos dentro da calça de Sílvia, ajeitando a blusa. Depois girou-a pelos ombros, de frente para o espelho do provador. Sílvia cheirava bem, um perfume amadeirado e fresco.

— Ficou muito bom! Acho que vou trocar por esta. Tem diferença no preço?

— Deixa eu ver... — Francisca olhou o preço na etiqueta. Era mais cara. — Não tem diferença, não, o preço é igual — disse.

— Perfeito.

— Depois passa lá no caixa pra eu finalizar a troca e pegar teus dados. A blusa que a sua tia levou está com a etiqueta, né?

— Sim, sim, está. Vou me trocar e já vou lá.

Quando Sílvia saiu do provador e foi até o caixa, Francisca abriu o sistema no computador e fez a substituição.

— Na verdade, é só isso mesmo — disse. — Não vou precisar de nada seu.

— Ah... — Sílvia parecia decepcionada. Ficou um minuto na frente do balcão, olhando em volta aleatoriamente, apertou a sacola da loja no peito e finalmente disse: — ... nem o meu telefone?

Francisca abriu um pouco os olhos e pensou se aquilo seria uma indireta, o início de um flerte.

— Sim, pode me dar, vou anotar aqui. — Pegou um bloquinho de papel.

— Me dá o teu celular que eu anoto pra ti.

Era um flerte. Engoliu em seco, tirou o celular do bolso e passou para Sílvia.

— Esse número é o meu whats também. Manda um oi pra eu te registrar. Boas festas, Fran!

Francisca sorriu sem responder, enquanto observava Sílvia sair da loja. Será que tinha encontrado um date para ir à peça? Depois pensou que seria muito estranho convidar justamente uma gêmea para ir a uma peça chamada As gêmeas lentas. Abriu uma aba no computador e buscou alguma informação sobre o que era a peça. "Surrealismo e erotismo são a tônica de *As gêmeas lentas*", leu. Francisca fechou a aba. Não a convidaria. Chamaria para outro programa, uma cerveja, comer alguma coisa.

O movimento da loja foi anormal para aquela época do ano. Chegou em casa tarde, depois de ter passado no supermercado. Ficou sozinha no Natal, mentiu para a família que iria viajar no fim de semana, mas não saiu de casa, não fez nada de mais, assistiu a filmes, tomou banhos demorados, ouviu música, leu. E como passou alguns dias trancada em casa com o comércio fechado, depois que o feriado de Natal passou Francisca precisou ir às compras. Não tinha mais nada na geladeira nem no armário. Até o papel higiênico tinha acabado.

Quando voltou do supermercado, deixou as sacolas no chão da cozinha, partiu um abacate e começou a comer com muita preguiça de levantar a bunda da cadeira e ir ao menos espremer um limão por cima. Abriu um queijo e comeu um pedaço. Arrancou um naco do pão. Levantou, pegou uma faca, descascou a manga, que estava perfeita, descalçou o sapato, colocou os pés sobre a mesa e comeu a manga inteirinha, cortando pedaços e chupando sua carne doce e amarela. Lavou as mãos, pegou o celular e mandou um oi para Sílvia. Ela respondeu quase que imediatamente, *Achei que não ia me escrever* e uma carinha sorrindo. *Dia cheio na loja e tive que ir ao mercado, tava sem nada em casa, mas pronto agora estamos em contato.* Demorou um pouquinho e Sílvia respondeu *quer ir tomar uma cerveja na quinta?* Francisca olhou para os ingressos na geladeira, *eu tenho um compromisso.* Levantou, pegou os ingressos, cogitou convidar Sílvia, continuou achando estranho chamá-la para aquela peça, sacudiu a cabeça, largou os ingressos, foi até o banheiro, tirou a roupa, pensou em avisar que entraria no banho, ficou com medo de parecer insinuante, mas também poderia ser uma informação casual, escreveu *banho, já falo contigo*. Apagou e escreveu *já falo contigo*. Apagou e escreveu *pode ser depois do meu compromisso na quinta? Devo estar livre pelas 21h30, o que tu acha?* Largou o celular e entrou no chuveiro. Tomou um banho demorado, cheio de espuma e pensamentos esvoaçantes. Pegou a toalha, se secou, olhou o celular. *Perfeito. Te vejo no Cusco* e um link com o perfil e o endereço. A cama ainda estava desarrumada e, ao se deitar, Francisca lembrou do sonho e da sensação de ter acordado tão excitada. Abriu a gaveta, tateou e encontrou o vibrador.

No sonho, novamente as mulheres saindo da água depois da caminhada, as ruas, a ponte, o mangue, o mar, as mulheres na praia, lentamente, eternamente saindo da água. Presas naquele frame. Não era possível saber se o movimento era delas ou da ondulação do mar, se eram uma miragem, se eram de água e sal.

Francisca acordou latejando e gozou assustada com o vibrador na mão, mas não estava de fato usando-o. Desligou o aparelho, guardou na gaveta. Pegou o celular e conferiu o horário: meia-noite. 00:00. Encontrou uma mensagem de Sílvia: *me indica uma série boa pra assistir, tô sem sono.* Havia mandado às onze e meia. Francisca não respondeu. Sentou na cama e sentiu alguma coisa escorrer da bunda para o lençol. Pensou estar menstruada. Mas não. Estava só melada. Riu um pouco, depois colocou a mão sobre a boca, pensativa, por que estaria acordando daquele jeito. Pegou o celular, atrás de informações sobre o assunto. Frustração completa. Deu com informações precárias e machistas, e com algumas que traziam interpretações ridículas sobre privação de sexo.

Fez as contas. Nem fazia tanto tempo assim. O quê? Três meses desde a Débora. Aquilo foi quando? Estava frio ainda, talvez tenha sido agosto. Isso mesmo, agosto. Mas depois se deu conta de que tinha sido agosto do ano anterior. Escreveu para Sílvia: *estou procurando sobre orgasmo no sono hahaha acredita?* Apagou e jogou o celular na gaveta. Deixou a cabeça cair pesadamente no travesseiro e agarrou o outro. Não tinha problemas nem com sono nem com sexo, mas gastou um ou dois minutos pensando naquilo, que fazia mais de ano que não transava com ninguém. Tudo bem, disse a si mesma. E dormiu.

Pela manhã, mandou uma mensagem para Sílvia: *bom dia, não quer fazer alguma coisa hoje no fim da tarde?* Logo a resposta veio: *hoje não posso! Tenho a confraternização do curso de espanhol.* Francisca respondeu: *Ah que legal, tu faz aula de espanhol? Sempre quis fazer e nunca me organizei pra isso.* E Sílvia: *eu dou aula.* Francisca ficou um momento pensando entre um gole e outro de café: *ah que massa, bom, boa confraternização. Tô saindo aqui. Até amanhã, então.* E Sílvia: *Hasta pronto!*

* * *

Na quinta-feira, Francisca não estava com vontade de ir sozinha à peça. Atrasou-se um pouco, mas foi. Entrou, sentou. As atrizes já estavam no palco. Não sugeriam parecença. Sentia-se sonolenta e cansada, porém assim que a peça começou viu-se absolutamente focada nos movimentos da mais alta. O texto era envolvente, sensual, e Francisca se pegou muito excitada. Sentiu o clitóris inchar e crescer e pensou que se tivesse um pau ele estaria batendo na sua testa naquele momento. Cogitou marcar uma consulta médica, aquilo não podia ser normal, embora a peça fosse bem erótica. Com um texto inquietante, as atrizes transmitiam uma tensão sem fim. Uma segurava um bolo de aniversário enquanto a outra se negava a fazer um desejo, e o tempo todo se ouvia um som de ondas do mar que se avolumava e arrefecia, se avolumava e arrefecia. Na hora de um diálogo mais longo entre as gêmeas, Francisca não acreditou no que estava acontecendo. Fincou as unhas nos descansos dos assentos e tremeu de leve, apertou a boca e respirou fundo, pisou com mais força no chão, abriu os dedos dentro do sapato, sentiu arder as coxas de tanto apertar e depois largou mão de tudo, gozando deliciosa e assustadoramente. Decidiu marcar a consulta; não era possível gozar daquele jeito. Não achou ruim, mas ficou um pouco constrangida e preocupada de que um dia acontecesse em algum momento mais inconveniente, por exemplo no trabalho ou em algum encontro da família. Sentiu-se mal com esse pensamento. No fim, aplaudiu a peça de pé e permaneceu um tempo sentada na poltrona, tentando se recuperar e esperando que os corredores ficassem mais livres. Então saiu. As atrizes estavam fumando do lado de fora, recebendo parabéns e conversando sobre os erros e acertos com o pessoal da técnica.

— Aquela hora era a luz azulada! Tu ligou a âmbar!

— Putz, foi mal!
— Não, não! Acho que podemos a âmbar, eu gostei. Mas acende de uma vez, entendeu? Tipo vai!
— Saquei.
— Oi, desculpe interromper — disse Francisca se aproximando do grupo —, eu só queria dizer que adorei. Parabéns.
— Muito obrigada — as duas responderam juntas.
Francisca ficou ali parada.
— É que eu tava lendo a biografia da Silvina Ocampo, e foi uma coincidência achar a peça e o nome de um quadro... de um quadro que ela... bem, então eu vim de curiosa.
— Ah! que legal, eu também estava lendo esse livro — disse a mais alta. — Foi daí que veio o nome da peça! O texto original se chama *Pulsa* e me fez pensar que poderia ser, sei lá, *As gêmeas lentas*, pelas imagens. — Ela parou bruscamente e sorriu em demasia.
— Bom também. — Francisca se sentiu pulsar.
— Meu nome é Sílvia.
— Sílvia? Não é possível... — Francisca deixou escapar uma risada.
— Por quê? O que tem de engraçado?
— Ah, não, nada não, é só que... O meu é Francisca, pode me chamar de Fran.
— Prazer. O dela é Vanessa. E esses são o Breno e o Lucas.
— Oi, prazer — disse um dos rapazes.
— Prazer. Eu tava dizendo pra Sílvia que a peça foi incrível. Parabéns. Bom, eu já vou indo.
Sílvia olhou Francisca da cabeça aos pés.
— A gente vai tomar uma e comer alguma coisa aqui perto. Quer ir também?
— Vou, sim. — Francisca olhou seu relógio: quinze para as oito. — Só um minuto — disse para o grupo. — Pegou o celular

e avisou a outra Sílvia de que se atrasaria um pouco. A outra Sílvia respondeu *tudo bem, vou me atrasar também.*

— Vamos no Cusco? — Vanessa sugeriu.

— Vamos! É ótimo e é perto. — Breno disse.

Francisca achou que conhecia aquele nome, mas não ficou pensando nisso. Antes de começarem a andar, Sílvia pegou Francisca pela cintura e lhe deu um beijo. Francisca correspondeu. Foram.

Ao chegarem ao Cusco, Francisca lembrou: era o mesmo bar em que ia se encontrar com a outra Sílvia. Naquelas circunstâncias, concluiu que a honestidade era a melhor saída.

— Sílvia.

— Oi, quer beber o quê?

— Não, antes de beber eu queria te contar uma coisa engraçada.

— Conta, mas vamos lá fora fumar.

Foram andando devagar até o patiozinho. Sílvia acendeu um cigarro, pegou um batom, retocou os lábios e ficou sorrindo para Francisca daquele jeito demasiado.

— Me conta.

— É que eu marquei um date com uma pessoa hoje e acontece que é neste mesmo bar e que o nome dela também é Sílvia.

Sílvia continuava sorrindo.

— E tu tem certeza de que não sou eu?

— Não é tu. — Francisca riu. — Quer dizer, também estamos num date, não? Agora acho que é meio inevitável.

— E o que tu vai fazer?

— Não sei.

Ficaram se olhando, Sílvia sorrindo.

— Olha, eu acabei de te conhecer, chama ela pra sentar com a gente e vamos ver o que rola. Eu não sou possessiva. Me empresta teu celular?

Francisca entregou a ela. Sílvia gravou seu contato como Sílvia Gêmea e devolveu o aparelho a Francisca. Assim que o guardou no bolso, Francisca sentiu que ele vibrava. Se virou para o lado do salão do bar, abriu a mensagem e viu a Sílvia da loja parada entre as mesas. Olhou a mensagem: *cheguei, vou procurar uma mesa*. Francisca digitou *tô te vendo, já tô aqui, no patiozinho de trás*. Ergueu a cabeça para que Sílvia a visse. Sílvia acenou.

— Oi! — Sílvia disse ao chegar, e deu um selinho em Francisca.

— Oi, oi. Sílvia, essa é a Sílvia — Francisca disse, apontando para a atriz. — Sílvia, esta é a Sílvia.

As duas Sílvias riram e se cumprimentaram.

— A Sílvia é uma das atrizes da peça que eu fui assistir hoje.

— Ah, tu foi ao teatro! Puxa, que legal. — A Sílvia da loja olhou para a Sílvia atriz. — Parabéns, espero que tenha sido uma apresentação ótima.

Sílvia agradeceu assentindo com a cabeça, depois disse:

— Estamos numa mesa ali dentro com o pessoal, vem.

— Legal.

Sentaram com todos, uma Sílvia à esquerda, outra à direita de Francisca. Pediram bebidas e a conversa seguiu boa. Em dado momento, as duas Sílvias pousaram a mão ao mesmo tempo nas coxas de Francisca, embaixo da mesa, uma em cada perna, o que a fez ficar tesa. Não era nenhum desejo explícito, eram mãos casuais. Nenhuma das duas viu o que a outra tinha feito, mas o corpo de Francisca sentiu na hora uma descarga elétrica, um pequeno vulcão, ventosa de molusco se desprendendo. Suas pálpebras e seus joelhos tremeram. Ela soltou um *rá*, que logo tentou encobrir com um pigarro, e se sentiu latejar por um bom tempo.

— O que tu acha, Fran?

Voltou a si.

— Desculpa, eu não ouvi — Francisca disse à Sílvia atriz.
— De pedirmos uma pizza, batata frita e mais uma porção de alguma coisa.
— Claro. Eu comeria uma pizza.
— Vou pedir lá no balcão.
— Eu vou contigo, quero fumar — disse a Sílvia da loja.

E lá se foram as Sílvias. Francisca ficou na mesa com o pessoal, ainda meio atordoada, pensando que, definitivamente, precisaria marcar a consulta. As Sílvias voltaram rindo, no que pareceu ser dez minutos. Francisca estava se sentindo extremamente cansada e disse às duas que iria embora sem nem esperar a pizza. As Sílvias ficaram olhando para ela, aguardando o convite para que fossem junto, as duas com os cotovelos na mesa, sorrindo enigmas bem pouco enigmáticos. Mas Francisca estava mesmo muito cansada. Deu um beijinho na bochecha de cada uma, sorriu e foi embora.

Naquela noite, Francisca sonhou que as duas Sílvias saíam do mar com passos lentos, enquanto ela as observava esticada na areia quente. A areia se moldava a seu corpo, a abraçava, a fazia relaxar, espalhando quenturas por sua pele. No sonho, como na peça *As gêmeas lentas*, um pedaço de veludo, envolvia, comia, fodia as personagens, e a areia foi se aveludando, apertando levemente seu corpo, roçando seus pelos, tomando formas macias que a esfregavam e tocavam em lugares que jamais pensou ser tão excitantes.

As Sílvias pareciam se mover como numa paisagem de deserto, vaporosas, caminhando para sempre até ela. Acordou gozando, gemendo alto. Não foi trabalhar. Não abriu a loja nem avisou ninguém. Não estavam mesmo no país. Foda-se. Se olhou de relance no espelho, desgrenhada, uma cara de doida. Estava febril. Marcou uma consulta com sua ginecologista, depois achou que era hora de procurar a analista que há anos uma amiga tinha lhe recomendado. Olhou seus contatos do Whatsapp: Cristina psi — a imagem de um beija-flor na foto. Nas informações do contato: *pode mandar mensagem, respondo assim que puder*. Francisca pensou por um minuto e escreveu: *Oi, gostaria de marcar um horário*. Clicou em Enviar. Largou o celular. Pegou um espelho. Olhou sua vulva à procura de alguma pista. Tudo parecia normal. Inclusive a excitação que sentiu ao se tocar. Largou o espelho. Tentou retornar ao sonho. Sílvia e Sílvia saindo do mar, chegando na areia, deitadas com ela, todas juntas naquele vapor. Não precisou de muito mais do que essas imagens. Levantou e foi tomar um banho. Será que só estou com muito tesão?, perguntou-se em voz alta. Passou a manhã toda jogada no chão, ouvindo música.

No celular: *Estou de recesso até o dia 9 de janeiro, pode ser neste dia, às 7h30 da manhã ou às 18h30*. E também: *Foi divertido ontem. Tu tem programa para o ano novo? O pessoal da companhia vai dar uma festa, se quiser, será bem-vinda. Convidei a Sílvia*. Além disso, outra: *Oi, tu tá melhor? Conseguiu descansar? Ressaca. Se quiser fazer alguma coisa só comigo hoje, me liga, estou livre*. Francisca mandou o endereço e disse que estava de TPM. Depois pensou que não poderia esperar pela consulta até dia 9, que absurdo, que ódio. Jogou no Google a combinação psicóloga mais sua cidade mais emergência, e se perdeu em links de avaliações da Doctoralia e perfis de Instagram. O toque de campainha a surpreendeu. Sílvia apareceu com sorvete, vinho branco e ingredientes para fazer um risoto.

— Uma senhora me deixou entrar lá embaixo e subi direto. Não sei o que tu come, não sei do que tu gosta, mas acho que todo mundo curte um risoto, tô errada?

— Não, eu adoro. Do que vai ser?

— Cogumelo. Pensei que esse não tem muito erro.

— Perfeito.

O celular vibra. *Oi, Fran. Estou de recesso até 9 de janeiro. É urgente? Se for, me liga. Se não for, deixamos marcado.* Francisca pensou um pouco, depois enviou: *Não é urgente, mas é estranho.* O telefone toca em seguida. É a ginecologista.

— Só um minuto, Sílvia, é a minha médica, vou atender no quarto. Fica à vontade aí.

— Tá.

— Oi, Marta. Tudo bem? Sim, sim. Pois é, fim de ano é uma loucura mesmo. Ah, tu tá na cidade... Entendi, vai sair só depois. Então, é que... acho que é alguma coisa fisiológica. Eu tô — olhou pela fresta da porta e falou baixo — ficando excitada e gozando do nada. Sim. É. Começou à noite, dormindo. Isso. Eu acordo gozando. É. Aham. Agora? Pode ser à tarde? Ah, certo. Não, não, eu vou. Em vinte minutos estou aí. Certo.

Explica para Sílvia que precisa ir à consulta, a médica ia viajar e ela precisava vê-la antes.

— Ah, nossa. Eu posso ir embora, Fran. Eu, é... tu precisa de alguma coisa?

— Não, pode ficar e fazer o risoto. Quando eu voltar a gente come.

Francisca chamou um uber e foi.

— Aparentemente, tudo normal, Fran. Não há inchaço, nada. Vamos fazer um ultrassom, às vezes pode ser um cálculo, um cisto, um mioma num lugar estranho.

— Tá.

A ginecologista ligou o ultrassom portátil, tocou de leve na vulva de Francisca e ela gemeu.

— Desculpa, vou passar um pouco do gel e tentar ir mais devagar, mas não tem muito jeito não.

— Tudo bem.

Apertou a vulva ao lado do clitóris.

— Ah, aqui parece que tem...

Francisca fechou as pernas bruscamente e se sentou, comprimindo a boca e de olhos arregalados.

— Desculpa, Marta, que vergonha!

— Fran, tu parece ter um cistinho ali naquela região, ele é que pode estar provocando tudo isso.

— Tá e o que a gente faz?

— Agora nada.

— Nada?

— É, nada. O melhor é tu mesma tentar entender onde ele está, pra... digamos evitar alguns gozos imprevistos. Depois a gente faz um ultrassom mais completo e decidimos direitinho o que fazer. Alguns cistos são reabsorvidos pelo corpo, outros precisam ser removidos cirurgicamente. Mas ele poderia estar te causando dor. Tu sente dor?

— Nada. Só essa propensão a ficar excitada.

— Bom, então acho que tu tá com um pouco de... sorte? Talvez.

Fez uma careta indecifrável, mas achou melhor aliviar a situação.

— Tu não corre nenhum risco, Fran. Posso pedir um ultrassom de urgência no hospital, mas não vai adiantar muito neste momento. O negócio é esperar um pouco. Te vejo daqui a dez dias. Se precisar, tu me liga. A tendência é que o cisto desapareça sozinho. — A ginecologista parou e pensou muito nas palavras. — Eu sei que não é o que tu esperava, que não é o ideal, mas é o que dá pra fazer agora. Posso te receitar um calmante, vai te estabilizar um pouco. E deixo o telefone de uma colega, se você quiser ver alguém. Já falo do teu caso pra ela, aí tu não precisa, enfim, explicar tudo de novo.

— Tá.

Francisca voltou para casa com uma caixinha de alprazolam e com a mesma cara de quando recebeu a notícia de que por enquanto não havia o que fazer. Sentia-se desamparada.

— Ah, deixei pra colocar a manteiga quando tu chegasse... — disse Sílvia, e parou ao perceber o rosto angustiado de Francisca. — Mas pelo jeito a gente não vai comer — baixou a taça de vinho que estendia para Francisca — nem beber. Tua cara não tá boa. O que foi que aconteceu?

— Não, eu preciso beber — Francisca pegou a taça —, e pode colocar manteiga. — Sentou-se à mesa e tomou todo o vinho de um gole só.

— O que foi, Fran?

— Eu tenho...

Sílvia completou mentalmente "câncer", mas ficou aguardando impassível a voz de Fran sair.

— ... um cisto no clitóris que está me fazendo gozar espontaneamente.

Sílvia quis rir de alívio, estava preparada para um câncer, mas se conteve.

— Não precisa comentar nada, nem eu sei direito o que dizer. Vamos comer. Bota a manteiga aí.

Sílvia pôs um naco de manteiga na panela e depois sentou à mesa.

— Tem alguma coisa que eu possa fazer? Não sei... tu quer que eu vá embora?

— Não, fica. Vamos comer e ver uma bobagem na televisão, pode ser?

— Tá bem.

O risoto estava bom. Comeram, trocando poucas palavras, depois foram bebericar o resto do vinho assistindo tevê.

— Desculpa, Sílvia, eu nem sei o que te dizer. Deve estar sendo o date mais estranho da tua vida.

— Nada a ver. Tu... tu quer falar sobre?
— Pode ser. É que eu não sei. Eu comecei a gozar dormindo, depois...
E contou sobre todas as vezes em que tinha gozado. Sílvia ficou excitada, mas não quis fazer nenhum movimento, para não parecer uma maníaca por sexo. Além do mais, via como Francisca estava frágil. Só que Francisca fez o movimento. Se debruçou sobre ela e a beijou, tirou sua blusa e a de Sílvia e deitou sobre o corpo dela. Um minuto depois as duas estavam gozando. Uma pelo cisto e a outra pelo tesão extremo da situação. Se ajeitaram novamente no sofá.
— Então a médica me disse que era pra eu ir me percebendo e que o cisto pode ou não sumir. Se ele não sumir, precisarei fazer uma pequena cirurgia, e por enquanto é pra eu tomar um calmante. Não é um grande drama da medicina, mas é desconfortável.
— Que coisa... chata. Nem sei bem que palavra usar.
— Constrangedora.
Ficaram juntas a tarde toda. Transaram mais uma vez e Sílvia assistiu Francisca gozar mais uma vez.
— Acho que já tô entendendo como acontece — disse Francisca. — Mas não tenho muito o que fazer. Parece que o troço tá pressionando nervos. Paciência. O que eu posso fazer? Não sei.
Sílvia olhou compadecida e sentiu que era hora de deixar Francisca sozinha.
— Acho que está na minha hora já. Foi muito legal hoje, de verdade.
— Intenso.
— Sim. — Sílvia sorriu. — A outra Sílvia — riu — te falou da festa?
— Falou, mas nessas circunstâncias não sei se eu vou.

— Eu entendo. Olha, se tu quiser eu posso vir pra cá depois da meia-noite. É que eu passo com a minha família, mas depois cada um vai fazer suas coisas, e...

— Tá bem, eu te aviso.

Se despediram e, assim que Sílvia desapareceu, Francisca mandou mensagem para a outra Sílvia, a Sílvia gêmea lenta, convidando-a para jantar em casa. *Endereço?* Francisca mandou. Abriu a caixa do remédio, tomou um comprimido, depois se perguntou se não faria mal tomar aquilo com uma garrafa de vinho na cabeça. A outra Sílvia, que de lenta não tinha nada, logo apareceu. Francisca abriu a porta pelo interfone.

— Adorei o convite! — Sílvia disse assim que entrou, a boca e os olhos muito pintados, grandes e sorridentes.

— Eu tenho um cisto no clitóris e ando gozando espontaneamente — Francisca despejou.

Sílvia manteve a mesma cara.

— Posso fumar?

— Ali na área.

As duas foram para lá.

— Me conta.

Francisca repetiu tudo o que tinha contado para a primeira Sílvia, falou também da ida à ginecologista, só não parou a história na metade para transar. Contou tudo até o fim.

— Posso ver?

— Ver o quê?

— O cisto.

— Não dá pra ver o cisto.

Francisca fez uma cara que lembrava uma mistura de Twiggy com o homem misterioso de *A estrada perdida*, de David Lynch. Teve uma sensação estranha de liberdade e constrangimento.

— Tira a roupa — disse Sílvia. — Deixa eu ver.

Foram até a sala e Francisca tirou a roupa.
— Senta ali no sofá.
Francisca se sentou e Sílvia se abaixou, até seus grandes olhos encontrarem a vulva. Não tinham se beijado ainda naquela ocasião, mas Sílvia não hesitou em passear a língua por toda a região, fazendo Francisca gozar em poucos segundos.
— Deu pra tu sentir onde ele está? Eu posso fazer de novo.
— Não, espera.
— Aproveita que ainda está inchado e sensível, talvez fique mais evidente.
Fazia sentido, e Sílvia disse isso como se fosse uma médica empenhada numa investigação diagnóstica.
— Tá, vai.
— Vou bem de leve, com o dedo agora, assim eu talvez sinta também.
— É aí, é aí... — Francisca sentiu algo que não era só prazer, mas um horror, uma sensação de enjoo e aflição, envoltos numa descarga de prazer lancinante.
Deitou de lado.
— É aqui.
Descabelada, chorando.
— É! Tira a mão!
— Desculpe — os olhos de Sílvia murcharam um pouco —, eu não queria...
— Tudo bem — Francisca se encolheu —, eu é que não queria estar assim. Eu queria, gente do céu, eu só queria transar, fazia um tempão que eu não ficava com alguém. Daí agora isto.
Se sentou no sofá e colocou as mãos na cabeça. O interfone tocou. Francisca foi atender.
— Oi, desculpa, voltei. Mandei mensagem e como tu não respondeu fiquei preocupada e achei melhor...
Francisca abriu a porta pelo interfone e disse:

— É a Sílvia, ela passou a tarde aqui e agora voltou porque ficou preocupada comigo.
— Certo. Não é melhor tu vestir uma roupa pra abrir a porta?
— Não.
Francisca abriu a porta nua. Sílvia tinha preparado algumas coisas para dizer, mas diante da cena, Fran nua e a outra Sílvia ali, ficou sem palavras.
— Oi, Sílvia — a outra disse.
— Oi. Eu não sabia que... é, bem, eu vou embora se...
— Fica. Não vai. Fica aqui. Eu claramente não estou bem — disse Francisca. — Eu só queria terminar o ano direitinho, e tô aqui toda destrambelhada. Fiquem, por favor. As duas. Eu odiaria ficar sozinha. Passei o ano sozinha, sem gozar, e agora que tô acompanhada, duplamente bem acompanhada e gozando como uma coelha, tudo parece um pesadelo ainda pior.
As Sílvias se olharam compadecidas e falaram juntas:
— Tudo bem, estamos aqui. O que tu quer fazer?
— Quero ficar bem, inferno.
As Sílvias se olharam de novo e, sem uma palavra, se aproximaram de Francisca e levaram-na para um banho quente. Depois a vestiram com um roupão e a puseram na cama.
— Quer comer alguma coisa?
— Não.
— Já volto.
— Posso ler pra ti?
— Acho que sim.
— É este aqui que tu tá lendo? — Sílvia sacudiu a biografia de Silvina Ocampo.
— Sim. Pode ser esse.
Abriu e começou a ler. A outra Sílvia voltou com frutas cortadas e sucos. Comeram ali na cama e depois as três se deitaram.

Tranquilas. Francisca adormeceu. As Sílvias ficaram lhe fazendo carinho. Dormiu pesado, de ressonar. As Sílvias permaneceram em silêncio, uma lendo sob a luz do abajur, a outra mexendo no celular. Depois conversaram baixinho sobre amenidades.
— Que ano louco que foi este, não é?
— Pelo menos o Lula se elegeu.
— Verdade. — Houve uma pausa. — Ando tão cansada...
A outra sorriu.
— Vamos descansar também.
No sonho, Francisca está estirada na areia. As Sílvias estão saindo do mar, lentas e de mãos dadas. Ela se levanta, vai até as duas. São silhuetas de vapor condensado que a circundam. Elas a deitam, na beira do mar agora, as ondas começam a tocar de leve seus pés, espumam por ali, sobem por suas coxas. Quando se recolhem de volta ao mar, fazem um barulho um pouco mais alto, como se a praia não fosse de areia, mas de pequenos seixos, e ao se recolher a água recolhe também sua pele, sua carne, seus ossos, e pouco a pouco ela vai sumindo, se desintegrando, se reintegrando. Geme. As Sílvias do quarto, e não as da praia, acariciam seu cabelo, perguntam se ela está bem. Ela responde que sim, dormitando.

Estende as mãos que ainda possui e as toca no quarto. No sonho existe um mar antigo, mais denso, e quando as caravelas vinham elas deslizavam nessa água grossa, cheia de vida e história. Elas vinham apagando o futuro logo atrás dela, o rastro era a impossibilidade, o rastro era engasgo. Da praia, ela observava como se ali não estivesse. Era bicho de areia, andava e andava e depois se enterrava fundo no planeta. Sonha com uma flor que se abre perenemente, uma pétala sobre a outra e sobre a outra, pétalas robustas que se amassam, se ocupam, soltam-se com o próprio peso antes de desabrochar, essa flor abissal cujo perfume era algo entre o mel e a merda, doce e azedo, ocre e desnorteador.

Se podia ver o pólen nos filetes, o pistilo inchado, o sonho inchado pulsando, e o mar nascia de seu centro, ela o enxergava. No sonho está quase toda desintegrada, reintegrada, é vapor e água, no sonho, desfeita, descansada. Não gozou, talvez fosse efeito do remédio, talvez da tranquilidade que a rodeava. No sonho, já não tinha noção de seu corpo nem dos corpos das Sílvias. Eram todas tudo: mar e areia e conchas e som e cheiros sem distinção. Dormia pesado, balbuciando desejos simples. As Sílvias do quarto se ajeitaram na cama, apagaram as luzes e se deram boa-noite.

ESTA OBRA FOI COMPOSTA PELO ACQUA ESTÚDIO EM ELECTRA
E IMPRESSA EM OFSETE PELA GRÁFICA SANTA MARTA SOBRE PAPEL PÓLEN NATURAL
DA SUZANO S.A. PARA A EDITORA SCHWARCZ EM AGOSTO DE 2024

A marca FSC® é a garantia de que a madeira utilizada na fabricação do papel deste livro provém de florestas que foram gerenciadas de maneira ambientalmente correta, socialmente justa e economicamente viável, além de outras fontes de origem controlada.